Tschingis Aitmatow

Goldspur der Garben

Zu diesem Buch

Die Kolchosbäuerin Tolgonai erzählt am Totengedenktag dem Feld von ihrem Leid. Ihren Mann und ihre drei Söhne hat sie im Krieg verloren. Das Feld antwortet ihren Klagen: »Setz dich, Tolgonai. Du darfst nicht so lange stehen mit deinen kranken Beinen. Setz dich, wir wollen gemeinsam überlegen. Erinnerst du dich an den Tag, als du zum ersten Mal hierhergekommen bist?« In einfachen Worten ruft Tolgonai ihr ganzes Leben in Erinnerung.

»Die kirgisische Mutter Tolgonai unterscheidet sich in nichts von der trauernden Mutter in Ostfriesland, Bayern, in Amerika, Großbritannien oder Polen.« *Stader Tagblatt*

Der Autor

Tschingis Aitmatow, 1928 in Kirgisien geboren, arbeitete nach der Ausbildung an einem landwirtschaftlichen Institut zunächst als Viehzuchtexperte in einer Kolchose. Nach ersten Veröffentlichungen zu Beginn der Fünfzigerjahre besuchte er das Maxim-Gorki-Literaturinstitut in Moskau und wurde Redakteur einer kirgisischen Literaturzeitschrift, später der Zeitschrift *Novyj Mir*. Mit der Erzählung *Dshamilja* gewann er Weltruhm. Tschingis Aitmatow starb 2008 im Alter von 79 Jahren.

Im Unionsverlag sind außerdem lieferbar: *Abschied von Gülsary; Aug in Auge; Begegnung am Fudschijama* (mit Daisaku Ikeda); *Dshamilja; Du meine Pappel im roten Kopftuch; Frühe Kraniche; Der Junge und das Meer; Das Kassandramal; Kindheit in Kirgisien; Die Klage des Zugvogels; Die Kraft der Schamanen* (mit Juri Rytchëu und Galsan Tschinag); *Liebesgeschichten; Der Richtplatz; Der Schneeleopard; Ein Tag länger als ein Leben* und *Der weiße Dampfer.*

Mehr über Buch und Autor im Anhang und auf *www.unionsverlag.com*

Tschingis Aitmatow

Goldspur der Garben

Roman

Aus dem Russischen
von Ursula Röhrig

Unionsverlag

Die Originalausgabe erschien 1963
unter dem Titel *Materinskoe pole.*
Die deutsche Erstausgabe erschien 1964
unter dem Titel *Goldspur der Garben*
im Verlag Kultur und Fortschritt, Berlin.
Unter dem Titel *Der Weg des Schnitters* erschien sie 1990
im Verlag Antje Kunstmann, München.

Im Internet
Aktuelle Informationen,
Dokumente, Materialien
www.unionsverlag.com

Unionsverlag Taschenbuch 634
Mit freundlicher Genehmigung des Verlags Antje Kunstmann, München

Rieterstrasse 18, CH-8027 Zürich
Telefon +41 44 283 20 00, Fax +41 44 283 20 01
mail@unionsverlag.ch

Reihengestaltung: Heinz Unternährer
Umschlaggestaltung: Martina Heuer, Zürich
Umschlagbild: Vladimir Bilobaba
Druck und Bindung: CPI – Clausen & Bosse, Leck
ISBN 978-3-293-20634-2

Goldspur der Garben

Vater, ich weiß nicht, wo du begraben.
Dir, Torekul Aitmatow, sei dies gewidmet.

Mutter, die du uns großgezogen,
Dir, Nagima Aitmatowa, sei dies gewidmet.

Einen dunklen, gesteppten Beschmet über dem frisch gewaschenen weißen Kleid, um den Kopf ein weißes Tuch, geht sie langsam den Pfad zwischen den abgeernteten Feldern entlang. Weit und breit kein Mensch. Der Sommer ist verklungen. Keine Stimme schallt über den Acker, kein Wagen wirbelt den Staub der Feldwege auf, kein Mähdrescher rattert nah und fern, und auf dem Stoppelfeld weidet noch keine Herde.

Hinter der grauen Landstraße erstreckt sich unübersehbar die weite herbstliche Steppe. Lautlos ziehen rauchfarbene Wolkenketten darüber hin. Lautlos streicht der Wind über das Feld, über den Marienflachs und die trockenen Halme, lautlos huscht er hinab zum Fluss. Es riecht das Gras, feucht vom ersten Frühfrost. Die Erde ruht aus nach der Ernte. Bald wird schlechtes Wetter einsetzen, wird es in Strömen regnen, erster weißer Flaum wird die Erde bedecken, und Schneestürme werden losbrechen. Doch heute ist es noch still und ruhig hier.

Stört sie nicht! Jetzt bleibt sie stehen und blickt lange umher mit ihren alten, trüb gewordenen Augen.

»Guten Tag, Feld«, sagt sie leise.

»Guten Tag, Tolgonai. Bist du gekommen? Noch älter bist du geworden, ganz grau, und gehst am Stock.«

»Ja, ich werde alt. Wieder ist ein Jahr vorüber und bei dir, Feld, wieder eine Ernte. Heute ist Totengedenktag.«

»Ich weiß. Ich habe dich erwartet, Tolgonai. Aber auch diesmal bist du wieder allein gekommen?«

»Wie du siehst, wieder allein.«

»Also hast du ihm noch immer nichts erzählt, Tolgonai?«

»Nein, ich hab nicht den Mut gehabt.«

»Meinst du, dass nie jemand etwas ausplaudern wird?«

»Nein, das nicht. Früher oder später wird er es sicher erfahren. Er ist doch schon groß, jetzt kann er es leicht von anderen hören. Aber für mich ist er immer noch ein Kind, und ich habe Angst, Angst, mit ihm darüber zu sprechen.«

»Ist er ein Mensch, muss er die Wahrheit erfahren, Tolgonai.«

»Gewiss, aber wie soll ichs ihm sagen? Nur er allein weiß nicht, was ich weiß, was du weißt, mein liebes Feld, was alle wissen. Wie wird ers aufnehmen, wenn ers erfährt, wie wird er über das Vergangene denken, wird er mit Herz und Verstand die Wahrheit finden? Er ist doch noch ein Junge. Deshalb zerbrech ich mir ja den Kopf, was ich tun soll, wie ichs anfangen soll, damit er sich nicht vom Leben abkehrt, sondern ihm stets das Gesicht zuwendet. Ach, wenn ichs ihm doch einfach in wenigen Worten erzählen könnte, wie ein Märchen. Die letzte Zeit denk ich nur noch daran, denn wer weiß, wies das Schicksal will – ich kann ja plötzlich sterben. Als ich im Winter einmal krank wurde und mich hinlegen musste, dachte ich: Jetzt ists so weit. Dabei bangte mir nicht so sehr vorm Tode – wäre er gekommen, ich hätte mich nicht gesträubt –, aber ich fürchtete, ich würds nicht mehr schaffen, dem Jungen die Augen über sich selbst zu öffnen, mich plagte die Angst, ich müsste die Wahrheit über ihn mit ins Grab nehmen. Und er ahnte nicht mal, weshalb ich mich so quälte. Natürlich tat ich ihm leid, er versäumte sogar die Schule und wich nicht von meiner Seite: ist ganz der Mutter nachgeraten. ›Oma, soll ich dir Wasser bringen? Oma, soll ich dir die Medizin geben? Oder soll ich dich vielleicht besser zudecken?‹ Aber selbst da konnte ich mich nicht entschließen, habs einfach nicht übers Herz gebracht. Er ist doch so vertrauensvoll, so arglos. Die Zeit vergeht, und ich weiß noch immer nicht, wie ich an das Gespräch herangehen soll. Auf alle Art und Weise hab ichs in Gedanken schon probiert. Aber ich kann grübeln, so viel ich will, ich komme doch nur zu dem einen Schluss: Wenn er über das Gewesene richtig urteilen, wenn er das Leben richtig verstehen soll, darf ich ihm nicht nur von ihm selbst, von seinem eigenen Schicksal erzählen, ich muss ihm dann auch von vielen anderen Menschen und ihren Schicksalen sprechen, von mir und meiner Zeit, von dir, mein Feld, von unserem ganzen Leben und sogar von dem Fahrrad, auf dem er nichts ahnend in die Schule fährt. Das wird wohl das einzig Richtige sein. Denn da ist nichts wegzulassen und nichts hinzuzufügen: Das Leben hat uns alle zu ein und demselben Teig verknetet, zu ein und demselben Knoten verknüpft. Dabei ist die Geschichte so verwickelt, dass auch ein Erwachsener sich nicht immer darin zurechtfindet. Man muss es selbst durchmachen, mit dem Herzen begreifen ... Deshalb überlege ich so lange. Ich weiß, es ist meine Pflicht, und wenn ichs fertigbrächte, sie zu erfüllen, dann wär auch das Sterben nicht so schwer.«

»Setz dich doch, Tolgonai. Du darfst nicht so lange stehen mit deinen kranken Beinen. Setz dich hier auf diesen Stein, wir wollen gemeinsam überlegen. Erinnerst du dich an den Tag, Tolgonai, als du zum ersten Mal hierhergekommen bist?«

»Es fällt mir schwer, mich darauf zu besinnen, so viel Zeit ist seitdem verflossen.«

»Streng nur dein Gedächtnis an, Tolgonai. Ruf dir alles wieder in Erinnerung, von Anfang an.«

Ich kann mich nur noch sehr dunkel entsinnen: Als ich klein war, wurde ich in der Erntezeit an der Hand hierhergeführt und in den Schatten einer Getreidehocke gesetzt. Man ließ mir ein Stück Brot, damit ich nicht weinte. Später, als ich größer war, kam ich her, um die Saaten zu hüten. Im Frühjahr wurde das Vieh hier vorbei in die Berge getrieben. Ich war damals ein flinkes, wuschelköpfiges Mädelchen. Welch törichte, sorglose Zeit doch die Kindheit ist! Ich weiß noch, die Viehtreiber kamen aus der Gelben Ebene herauf. Herde auf Herde eilte zu den frischen Weiden in den kühlen Bergen.

Wie dumm ich doch damals noch war, wenn ichs recht bedenke. Gleich einer Lawine jagten die Pferdeherden aus der Steppe heran, alles zerstampfend, was ihnen unter die Hufe geriet. Kilometerweit hingen Staubwolken in der Luft. Ich aber verbarg mich im Weizen und sprang plötzlich wie eine kleine Wildkatze hervor, um sie zu erschrecken. Die Pferde scheuten, und die Hirten jagten mir nach.

»Na warte, du Zottelkopf, wenn wir dich kriegen!«

Aber ich entwich ihnen und floh über die Aryks.

Tagtäglich zogen rostbraune Schafherden hier vorüber, die Fettschwänze wippten im Staub, wie Hagel prasselten die kleinen Hufe auf die Erde, vom Schreien heisere Hirten trieben die Schafe an. Dann kamen die Nomadenzüge aus den reichen Ailen mit ihren Kamelen, an deren Sättel mit Kumys gefüllte Schläuche aus Ziegenleder geschnallt waren. Junge Frauen und Mädchen, geputzt und in Seide gekleidet, wiegten sich auf leichtfüßigen Zeltern und sangen Lieder von grünen Wiesen und klaren Flüssen. Ich staunte sie an und lief, alles um mich her vergessend, lange hinter ihnen drein. So ein schönes Kleid und so ein Fransentuch möchte ich auch einmal haben!, träumte ich vor mich hin und sah ihnen nach, bis sie meinen Blicken entschwunden waren.

Wer war ich damals? Die barfüßige Tochter eines Tagelöhners. Mein Großvater hatte seine Schulden als Pflüger abarbeiten müssen, und von da an blieb es so in unserer Familie. Aber wenn ich auch niemals ein seidenes Kleid trug, ein stattliches Mädchen wurde ich doch. Ich betrachtete gern meinen Schatten. Du gehst und schaust und hast deine Freude dran, als wärs vor dem Spiegel. Was für ein albernes Ding ich doch war! Siebzehn Jahre war ich alt, als ich bei der Ernte Suwankul kennenlernte. Er war damals vom Oberen Talas gekommen, um sich zu verdingen. Ich brauche auch jetzt nur die Augen zu schließen, dann sehe ich ihn vor mir, genau wie damals. Blutjung war er noch, neunzehn Jahre alt. Er ging ohne Hemd, in einem alten, über die nackten Schultern geworfenen Beschmet. Schwarz gebrannt war er von der Sonne, die Haut über den Backenknochen glänzte wie dunkles Kupfer. Er war lang aufgeschossen und hager, hatte aber eine kräftige Brust und Hände wie aus Eisen. Arbeiten konnte er wie selten einer. Den Weizen mähte er leicht und sauber, die Sense sirrte nur so, pausenlos sanken die Halme zu Boden. Es gibt solche Menschen: Wenn sie arbeiten, ist es eine wahre Freude, ihnen zuzusehen. Obwohl ich selbst als flinke Schnitterin galt, blieb ich immer hinter ihm zurück. War er weit voraus, blieb er stehen, sah sich um und kam zurück, um mir beim Aufholen zu helfen.

Ich fühlte mich dadurch in meinem Stolz gekränkt, ärgerte mich und wollte ihn fortjagen: »Wer hat dich denn hergebeten! Sieh einer an! Lass das, ich werde auch ohne dich fertig!« Er war nicht beleidigt, sondern lächelte nur und ließ sich nicht stören. Weshalb ich mich damals nur so geärgert habe, ich dumme Gans! Wir kamen immer als Erste aufs Feld. Die Morgendämmerung brach eben erst an, und alles schlief noch, wenn wir uns auf den Weg zur Mahd machten. Suwankul erwartete mich hinter dem Ail auf unserem Pfad.

»Bist du gekommen?«, sagte er mir.

»Und ich hab gedacht, du seist schon längst fort«, antwortete ich jedes Mal, obwohl ich wusste, dass er niemals ohne mich gehen würde.

Dann gingen wir gemeinsam weiter.

Flammend stieg die Sonne auf, die schneebedeckten Berggipfel erglänzten in goldenem Schimmer, wie ein tiefblauer Fluss strömte uns aus der Steppe der Wind entgegen. Diese frühen Sommermorgen waren die Morgenröte unserer Liebe. Die ganze Welt verwandelte sich wie im Märchen, wenn wir zusammen dahingingen. Und das Feld, grau, zerstampft und aufgewühlt, wurde zum schönsten Feld der Erde. Eine zeitige kleine Lerche begrüßte mit uns den Sonnenaufgang. Sie schwang sich hoch in die Lüfte, hing als winziges Pünktchen am Himmel, flatterte dort wie ein menschliches Herz, und so viel sorgloses Glück klang aus ihren Liedern …

»Hörst du, unsere Lerche singt!«, sagte Suwankul.

Sogar unsere eigene Lerche hatten wir.

Und die Mondnacht? Vielleicht wird es nie wieder so eine Nacht geben. An diesem Abend waren Suwankul und ich auf dem Feld geblieben, um bei Mondschein zu arbeiten. Als der Mond riesengroß und klar dort über dem dunklen Gebirgskamm aufgegangen war, öffneten die Sterne am Himmel alle auf einmal die Augen. Mir schien, dass sie uns sahen. Wir lagen am Feldrain auf Suwankuls Beschmet. Eine kleine Erhebung am Aryk war unser Kopfkissen. Ein weicheres Kopfkissen hat es nie gegeben. Das war unsere erste Nacht. Fortan waren wir immer zusammen, fürs ganze Leben.

Mit seiner schwieligen, schweren Hand streichelte Suwankul sanft mein Gesicht, meine Stirn, mein Haar, und sogar durch seine Handfläche hindurch fühlte ich, wie freudig und ungestüm sein Herz schlug.

Da sagte ich flüsternd zu ihm: »Suwan, was glaubst du, wir werden doch glücklich sein, ja?«

Und er antwortete: »Wenn Land und Wasser gleichmäßig unter alle verteilt werden, wenn auch wir unser eigenes Feld haben, wenn auch wir pflügen, säen und unser eigenes Getreide dreschen – dann wird das unser Glück sein. Ein größeres Glück braucht der Mensch nicht, Tolgonai. Das Glück des Ackerbauern liegt im Säen und Ernten.«

Ich wusste selbst nicht warum, aber seine Worte gefielen mir sehr, ganz leicht ums Herz wurde mir von diesen Worten. Ich umarmte Suwankul fest und küsste sein heißes, wettergebräuntes Gesicht. Dann badeten wir im Aryk, spritzten und lachten. Das Wasser war frisch, perlend klar und roch nach Bergwind. Hernach lagen wir nebeneinander, hielten uns bei den Händen gefasst und blickten schweigend in den Himmel, hinauf zu den Sternen. Es waren noch sehr viele in dieser Nacht.

Auch die Erde war glücklich mit uns in dieser blauen, sternklaren Nacht. Auch sie genoss die Kühle und Stille. Wohltuende Ruhe hatte sich über die Steppe gebreitet. Im Aryk murmelte das Wasser. Der Kopf war uns benommen vom süßen Duft des Honigklees, der in voller Blüte stand. Zuweilen wehte ein Hauch heißen, wermutbitteren Trockenwindes zu uns herüber, dann neigten sich am Rain die Ähren und raschelten leise. Vielleicht hat es so eine Nacht wirklich nur ein einziges Mal gegeben.

Zu mitternächtlicher Stunde sah ich zum Himmel auf und erblickte die Goldspur der Garben: Zwischen den Sternen zog sich über das Himmelszelt als breites, schimmerndes Band die Milchstraße. Suwankuls Worte fielen mir ein, und ich träumte vor mich hin, in dieser Nacht sei wirklich ein mächtiger, gütiger Ackersmann mit einer riesigen Garbe im Arm über den Himmel gegangen und habe eine Spur vertreuter Spelte und Körner hinterlassen. Da kam mir der Gedanke, dass eines Tages auch mein Suwankul, wenn sich unsere Träume erfüllen sollten, die Garben für den ersten Drusch auf die Tenne tragen würde. Das würden die ersten Garben eigenen Getreides sein. Und wenn er dann so dahinschreiten würde, das Getreide im Arm, würde auch hinter ihm eine Spur verstreuter Körner zurückbleiben. So hing ich meinen Träumen nach, und die Sterne träumten mit mir, und ich wünschte auf einmal so sehr, dass alles in Erfüllung gehen möge.

Damals wandte ich mich zum ersten Mal an die Erde und sprach zu ihr wie zu einem menschlichen Wesen: »Mutter Erde, du hältst uns alle an deiner Brust; wenn du uns kein Glück gibst, was hat es dann für einen Sinn für dich, Mutter Erde zu sein, und für uns, geboren zu werden? Wir sind deine Kinder, Erde, gib uns Glück, mach uns glücklich!« So sprach ich in dieser Nacht.

Als ich am Morgen erwachte, sah ich, dass Suwankul nicht mehr neben mir lag. Ich wusste nicht, wann er aufgestanden war, sicherlich sehr zeitig. Ringsum auf dem Stoppelfeld lagen in langen Reihen neue Weizengarben. Wie mich das verdross: Ich hätte so gern mit ihm zusammen gearbeitet zu so früher Stunde.

»Suwankul, warum hast du mich denn nicht geweckt?«, rief ich.

Als er meine Stimme hörte, blickte er sich nach mir um. Ich sehe ihn noch leibhaftig vor mir, wie an jenem Morgen: Er war nackt bis zum Gürtel, und seine schwarzen, kräftigen Schultern glänzten vor Schweiß. So stand er da und blickte freudig und erstaunt, als erkenne er mich nicht wieder, dann fuhr er sich mit der Hand übers Gesicht und sagte lächelnd: »Ich wollte dich noch schlafen lassen.«

»Und du?«, fragte ich.

»Ich arbeite doch jetzt für zwei«, antwortete er.

Das verdross mich noch mehr, sogar losgeheult hätte ich beinah, und doch war mir so wohl ums Herz.

»Wo bleiben denn deine gestrigen Worte?«, warf ich ihm vor. »Du hast doch gesagt, dass wir zwei in allem gleich sein werden, wie ein Mensch.«

Suwankul warf die Sichel weg, lief herbei, nahm mich auf den Arm und sagte, mich mit Küssen bedeckend: »Von jetzt an werden wir immer alles gemeinsam tun – wie ein Mensch. Meine kleine Lerche du, mein Liebes, Einziges!«

Er trug mich auf dem Arm umher, sprach auf mich ein, nannte mich seine kleine Lerche und gab mir noch andere lustige Namen; ich umklammerte seinen Hals, strampelte mit den Beinen und lachte übermütig. Eigentlich sagt man nur zu kleinen Kindern Lerche, und doch – wie schön war es, so genannt zu werden.

Die Sonne war gerade im Aufgehen und lugte schon hinter dem Berg hervor. Suwankul stellte mich auf die Erde, legte seinen Arm um meine Schulter und rief zur Sonne hinauf: »He, Sonne, sieh mal her, das hier ist meine Frau! Schau sie dir an, wie schön sie ist! Zahl mir für die Brautschau mit Strahlen, zahl mir mit Licht!«

Ich wusste nicht, ob er das im Spaß oder im Ernst gesagt hatte, aber mir kamen plötzlich die Tränen. Ich konnte die überströmende Freude einfach nicht mehr zurückhalten, so voll war mein Herz davon.

Auch jetzt, da ich daran denke, muss ich weinen, ich Törin. Doch damals waren es andere Tränen, solche Tränen sind dem Menschen nur einmal vergönnt im Leben. Und wurde unser Leben denn nicht so, wie wir es uns erträumt hatten? Ja, es wurde so. Mit unseren Händen schufen wir es, dieses Leben, wir arbeiteten und legten sommers und winters den Ketmen nicht aus der Hand. Viel Schweiß vergossen wir. Viel Mühe wandten wir auf. Es war schon in der neuen Zeit, als wir uns ein Haus bauten und ein paar Stück Vieh anschafften. Kurz, wir begannen, wie Menschen zu leben. Das Großartigste aber: Drei Söhne wurden uns geboren, einer nach dem anderen, wie ausgesucht. Jetzt brennt es mir oft wie eine Schuld auf meiner Seele, und ganz unsinnige Gedanken kommen mir in den Kopf: Weshalb habe ich nur wie ein Schaf alle anderthalb Jahre einen Sohn zur Welt gebracht, hätte ich nicht auch, wie andere, alle drei, vier Jahre gebären können – vielleicht wäre es dann nicht so gekommen. Noch besser wäre es vielleicht gewesen, sie wären ungeboren geblieben. Verzeiht mir, meine Kinder, nur aus Schmerz und Kummer spreche ich so. Ich bin doch eine Mutter, eine Mutter …

Ich kann mich noch erinnern, wie sie alle zum ersten Mal hierherkamen. Das war an dem Tag, als Suwankul den ersten Traktor aufs Feld brachte. Den ganzen Herbst und Winter hindurch war er ans andere Flussufer gegangen und hatte dort an einem Traktoristenlehrgang teilgenommen. Wir hatten damals gar keine richtige Vorstellung, was ein Traktor war. Und wenn Suwankul erst spätnachts zurückkam – er hatte ja weit zu laufen –, tat er mir leid, und ich grämte mich seinetwegen.

»Wozu hast du dich nur darauf eingelassen? Ist es dir vielleicht schlecht gegangen als Brigadier?«, machte ich ihm Vorwürfe. Er lächelte ruhig wie immer.

»Schimpf doch nicht, Tolgon. Wart nur, bald wirds Frühling, dann wirst du dich selbst überzeugen. Nur noch ein bisschen Geduld …«

Ich sagte das nicht etwa aus Bosheit: Allein hatte ich es wirklich nicht leicht mit den Kindern, dem Haus und der Wirtschaft und dazu noch die Arbeit im Kolchos. Aber ich besann mich schnell wieder, wenn ich sah, wie durchgefroren und hungrig er war. Und dabei hatte ich ihm auch noch zugesetzt, sodass er sich rechtfertigen musste – ich schämte mich geradezu.

»Schon gut, setz dich an den Ofen, das Essen ist längst kalt geworden«, brummte ich versöhnlich.

Innerlich wusste ich sehr wohl, wie ernst Suwankul diese Sache war. Im Ail hatte sich damals niemand gefunden, der lesen und schreiben konnte und am Lehrgang hätte teilnehmen können. Da hatte sich Suwankul selbst gemeldet.

»Ich nehme teil, ich werde lesen und schreiben lernen, befreit mich von der Arbeit als Brigadier.«

Gemeldet hatte er sich, dafür steckte er dann auch bis über beide Ohren in Arbeit. Wenn ich jetzt zurückdenke: Eine interessante Zeit war das, die Kinder lehrten die Väter. Kassym und Masselbek gingen schon zur Schule, sie waren denn auch die Lehrer.

So manchen Abend verwandelte sich unser Haus in eine richtige Schule. Tische gab es damals nicht. Suwankul lag auf dem Fußboden und malte Buchstaben in ein Heft, die drei Söhne umringten ihn von allen Seiten, und jeder belehrte ihn: »Du musst den Bleistift gerade halten, Vater«, sagten sie, »pass auf, die Zeile wird schief, achte auf deine Hand, die zittert ja, so musst du schreiben, und das Heft musst du so halten.« Oder sie fingen plötzlich an, sich zu streiten, und jeder wollte beweisen, dass er es besser wüsste. Sonst hätte der Vater sie zur Ordnung gerufen, aber hier hörte er ihnen andächtig zu, wie richtigen Lehrern. Bis er ein Wort geschrieben hatte, plagte er sich dermaßen ab, dass ihm der Schweiß von der Stirn lief, als schreibe er nicht Buchstaben, sondern stände an der Dreschmaschine und reichte Garben zu. Alle vier hockten sie beieinander, steckten mit Feuereifer über einem Heft oder der Fibel die Köpfe zusammen, und ich konnte das Lachen nicht verbeißen, wenn ich sie so sah.

»Kinder, so lasst doch den Vater endlich in Ruh. Wollt ihr etwa einen Mullah aus ihm machen? Und du, Suwankul, jag nicht zwei Hasen auf einmal, such dir aus, was du werden willst: Mullah oder Traktorist.«

Suwankul wurde ärgerlich. Ohne aufzugucken, schüttelte er den Kopf und erwiderte seufzend: »Ach du, hier geht es um so wichtige Dinge, und du machst Scherze.«

Kurz – es war zum Lachen und Weinen zugleich. Aber trotz allem erreichte Suwankul sein Ziel.

Es war im Vorfrühling, der Schnee war gerade erst weggetaut, das Wetter freundlicher geworden, als es eines Tages hinter dem Ail zu rattern und zu dröhnen begann. Eine aufgeschreckte Pferdeherde kam in wildem Galopp die Dorfstraße heruntergeprescht. Ich war im Nu im Hof. Hinter den Gemüsegärten fuhr der Traktor. Schwarz, schwer, in Rauch gehüllt, näherte er sich schnell der Straße. Der ganze Ail war zusammengelaufen. Die einen zu Pferd, die anderen zu Fuß, lärmten und drängelten die Menschen wie auf dem Markt. Ich eilte mit den Nachbarinnen ebenfalls hin. Das Erste, was ich sah, waren meine Söhne. Alle drei standen sie auf dem Traktor, neben dem Vater, und hielten sich aneinander fest. Die anderen Jungen pfiffen ihnen zu und warfen ihre Mützen in die Luft, meine aber waren so stolz, als wären sie die Helden des Tages, und dabei strahlten sie übers ganze Gesicht. Diese Schlingel, schon am frühen Morgen waren sie zum Fluss gelaufen, um, wie sich jetzt herausstellte, ihren Vater mit dem Traktor zu empfangen, mir aber hatten sie kein Wort davon gesagt, weil sie fürchteten, ich würde sie nicht fortlassen. Ich hatte auch wirklich Angst um die Kinder, wie leicht konnte etwas passieren.

»Kassym, Masselbek, Dshainak«, rief ich ihnen zu, »na wartet! Kommt sofort herunter!« Aber ich verstand mein eigenes Wort nicht bei dem Motorenlärm.

Doch Suwankul hatte alles begriffen, er lächelte und nickte mir zu, als wollte er sagen: Hab keine Angst, es passiert nichts.

Stolz, glücklich und ganz verjüngt saß er am Steuer. Er war ja damals auch tatsächlich noch ein junger Dshigit mit schwarzem Schnurrbart. In diesem Augenblick kam mir zum ersten Mal so recht zum Bewusstsein, wie sehr die Söhne dem Vater ähnelten. Alle vier hätte man für Brüder halten können. Besonders die beiden älteren, Kassym und Masselbek, waren Suwankul sehr ähnlich, sie waren genauso hager wie er und hatten genau solche breiten, wie dunkles Kupfer glänzenden Backenknochen. Nur Dshainak, mein Kleinster, kam mehr nach mir, er war heller und hatte freundlich blickende schwarze Augen.

Der Traktor fuhr, ohne anzuhalten, zum Dorf hinaus, und wir liefen in hellen Scharen hinterher. Wir waren sehr neugierig, wie er wohl pflügen würde. Als sich dann die drei riesigen Pflugschare mit Leichtigkeit in das Neuland gruben und die wie Hengstmähnen wallenden schweren Schollen nur so aufwarfen, da jubelten alle, schrien durcheinander und eilten, einander überholend und die scheuenden, schnaubenden Pferde mit der Peitsche antreibend, hinter dem Traktor drein. Ich begreife nicht, warum ich mich damals von den anderen absonderte, warum ich hinter ihnen zurückblieb, jedenfalls war ich auf einmal allein und blieb auch so stehen, unfähig, mich vom Fleck zu rühren. Der Traktor entfernte sich mehr und mehr, und ich stand ganz erschöpft da und sah ihm nach. Dennoch gab es zu dieser Stunde keinen glücklicheren Menschen auf der Welt als mich! Ich wusste nicht, worüber ich mich mehr freuen sollte: darüber, dass Suwankul den ersten Traktor ins Dorf gebracht hatte, oder darüber, dass mir an diesem Tag bewusst geworden war, wie groß unsere Kinder schon waren und wie sehr sie ihrem Vater ähnelten. Ich schaute ihnen nach, weinte und flüsterte: »Ich wünschte, ihr könntet immer so neben eurem Vater stehen, meine lieben Jungs! Wenn ihr solche Menschen würdet wie er, wollte ich nichts weiter vom Leben!«

Das war die schönste Zeit meines Mutterdaseins. Aber die Arbeit ging mir leicht von der Hand, ich habe immer gern gearbeitet. Wenn der Mensch gesund ist, was kann es da Schöneres für ihn geben als die Arbeit?

Die Zeit verging, fast unmerklich wuchsen die Söhne heran, einträchtig wie gleichjährige Pappeln. Jeder wählte seinen eigenen Weg. Kassym trat in die Fußstapfen des Vaters; er wurde Traktorist und später Mähdrescherfahrer. Einen Sommer lang arbeitete er als Gehilfe auf dem Mähdrescher im Kolchos Kaindy, der an der anderen Fluss-Seite, am Fuße der Berge, lag. Dann kam er als Mähdrescherfahrer in unseren Ail zurück.

Einer Mutter sind alle Kinder gleich lieb, sie trägt sie alle gleichermaßen unter dem Herzen. Trotzdem scheint es mir, dass ich Masselbek am liebsten hatte von meinen Söhnen und besonders stolz auf ihn war. Vielleicht deshalb, weil er so lange von mir getrennt lebte und ich mich ständig nach ihm sehnte. Wie ein zeitig flügge gewordener Vogel flog er als Erster aus dem Nest, verließ er früh unser Haus. In der Schule lernte er von Anfang an gut, die Bücher verschlang er geradezu, sie waren seine große Leidenschaft. Als er die Schule beendet hatte, fuhr er sogleich zum Studium in die Stadt, er wollte Lehrer werden.

Dshainak, der Jüngste, war ein hübscher, stattlicher Bursche geworden. Schlimm war nur, dass er sich selten zu Hause aufhielt. Als Komsomolsekretär unseres Kolchos hatte er alle Hände voll zu tun: Mal war Versammlung, bald Zirkel, dann wieder die Wandzeitung herauszugeben, bald sonst was. Wenn ich sah, dass der Bengel Tag und Nacht fast nicht nach Hause kam, wurde ich ärgerlich.

»Hör mal, du Nichtsnutz, nimm deine Harmonika und ein Kissen und zieh in die Kolchosverwaltung«, sagte ich oft zu ihm. »Dir ist es doch ganz egal, wo du wohnst, du brauchst sowieso kein Zuhause, keinen Vater und Mutter.«

Doch Suwankul nahm den Sohn in Schutz. Er wartete, bis ich mich beruhigt hatte, dann sagte er so nebenbei: »Reg dich nicht auf, Mutter. Mag er ruhig lernen, mit Menschen umzugehen. Wenn er sich unnütz herumtriebe, hätte ich ihm selbst schon den Kopf zurechtgerückt.«

Suwankul war inzwischen wieder zu seiner alten Arbeit als Brigadier zurückgekehrt. Die Traktoren hatte die Jugend übernommen.

Die Hauptsache aber war: Bald heiratete Kassym, und die erste Schwiegertochter trat über die Schwelle unseres Hauses. Wie sich bei ihnen alles zugetragen hatte, fragte ich die beiden nicht, sie mussten sich wohl kennengelernt und lieb gewonnen haben, als Kassym den Sommer über auf der anderen Fluss-Seite als Gehilfe des Mähdrescherfahrers gearbeitet hatte. Er brachte sie aus Kaindy mit.

Aliman war noch ein ganz junges Mädchen, eine dunkelhäutige Bergbewohnerin. Zuerst war ich froh, dass meine Schwiegertochter schön, flink und geschickt war. Und sehr bald gewann ich sie wirklich lieb, denn sie war so recht nach meinem Herzen. Vielleicht, weil ich schon immer heimlich von einem Mädchen geträumt hatte. Aber nicht nur darum, sondern einfach, weil sie gescheit, fleißig und so klar wie ein Bergquell war, hatte ich sie lieb gewonnen wie meine eigene Tochter. Oft geschieht es, dass Menschen nicht miteinander auskommen, aber ich hatte Glück; so eine Schwiegertochter im Haus ist ein großer Segen. Dazu möchte ich noch sagen, dass wahres, unverfälschtes Glück, wie ich es verstehe, kein Zufall ist; es fällt einem nicht unversehens in den Schoß wie ein Apfel vom Baum, sondern es kommt allmählich zum Menschen, je nachdem, wie er sich zum Leben, zu den Menschen, die ihn umgeben, verhält; ein Körnchen kommt zum anderen, eins ergänzt das andere, und schließlich entsteht, was wir Glück nennen.

In dem Jahr, als Aliman zu uns kam, war ein denkwürdiger Sommer. Das Getreide war früh reif geworden. Auch der Fluss führte schon früh Hochwasser. Einige Tage vor Erntebeginn waren in den Bergen starke Regengüsse niedergegangen. Sogar von Weitem konnte man sehen, wie dort oben der Schnee schmolz, als wäre es Zucker. In der überschwemmten Flussniederung brodelte und toste das reißende Wasser, mit gelbem Schaum und seifigen Flocken bedeckt, brauste es dahin, brachte aus den Bergen riesige entwurzelte Fichten mit und zerschlug sie am Gestein zu tausend Splittern. Besonders in der ersten Nacht tobte und stöhnte der Fluss bis zum Morgengrauen. Am Morgen sahen wir dann, dass die alten Inseln verschwunden waren, das Wasser hatte sie über Nacht einfach weggeschwemmt.

Trotzdem war das Wetter heiß. Der Weizen gedieh prächtig, am Boden war er grünlich, oben schoss er saftig gelb in die Ähren. Schier unendlich waren in diesem Sommer die reifenden Getreidefelder, in der Steppe wogte der Weizen bis zum Horizont.

Die Ernte hatte noch nicht begonnen, aber wir mähten beizeiten am Feldrain mit Sicheln eine Durchfahrt für den Mähdrescher. Aliman und ich hielten uns während der Arbeit immer nebeneinander, einigen Frauen kam das unschicklich vor, und sie suchten mich zu beschämen.

»Solltest lieber gemütlich zu Hause sitzen, als mit deiner Schwiegertochter wettzueifern. Hast du denn gar keinen Stolz?«

Ich aber war anderer Meinung. Ein schöner Stolz: zu Hause sitzen. Dabei hätte ichs zu Hause sowieso nicht ausgehalten, ich liebe die Getreidemahd.

So arbeiteten wir denn weiter zusammen, Aliman und ich. Damals habe ich etwas wahrgenommen, was ich nie vergessen werde. Zwischen den Ähren am Feldrain blühten zu dieser Zeit wilde Malven. Ihre großen weißen und rosa Blüten fielen mit dem Weizen unter den Sicheln. Mit einem Mal sah ich, wie unsere Aliman einen Malvenstrauß pflückte und ihn heimlich forttrug, als sollte ichs nicht sehen. Ich blickte ihr unauffällig nach und dachte: Was wird sie wohl mit den Blumen machen? Sie war im Nu beim Mähdrescher, legte sie auf die Stufen und kam zurückgelaufen, ohne ein Wort zu sagen. Der Mähdrescher stand einsatzbereit am Weg, denn man konnte jeden Tag mit dem Beginn der Ernte rechnen. Kassym war aber nicht da, er musste für kurze Zeit weggegangen sein.

Ich tat so, als hätte ich nichts bemerkt, denn ich wollte sie nicht verlegen machen, sie war ohnehin noch sehr schüchtern. Aber innerlich frohlockte ich: Also liebte sie ihn. Das ist schön von dir, liebes Schwiegertöchterchen, bedankte ich mich im Stillen bei Aliman. Sie steht mir heut noch vor Augen, wie damals: im roten Kopftuch und weißen Kleid, mit dem großen Malvenstrauß, ihre Wangen glühten, und ihre Augen blitzten vor Freude und Übermut. Was doch die Jugend ausmacht! Ach, Aliman, du mein unvergessliches Schwiegertöchterchen! Sie liebte die Blumen wie ein kleines Mädchen. Oft war im Frühling die Steppe noch vom Schnee verweht, sie aber brachte schon die ersten Schneeglöckchen ... Ach, Aliman ...!

Am nächsten Tag begann die Mahd. Der erste Tag der Ernte ist immer ein Festtag. Niemals habe ich an diesem Tag einen trübsinnigen Menschen gesehen. Dieser Feiertag ist in keinem Kalender vermerkt, aber er lebt in den Menschen selbst, in ihrem Gang, ihrer Stimme, ihren Augen ... Sogar im Rattern der Kutschwagen und im flinken Lauf der satten Pferde lebt dieser Festtag. Ehrlich gesagt, arbeitet am ersten Tag niemand so richtig. Immer wieder werden neue Streiche ausgeheckt. Auch an diesem Morgen ging es, wie stets, recht laut und lebhaft zu. Übermütige Zurufe schallten von einem Ende des Feldes zum anderen. Am lustigsten aber war es bei uns Mäherinnen, weil hier eine ganze Schar junger Frauen und Mädchen beisammen war. Ein ausgelassenes Völkchen. Ausgerechnet hier musste Kassym auf seinem neuen Fahrrad vorbei, das er von der MTS als Prämie erhalten hatte. Die übermütigen Schnitterinnen versperrten ihm sogleich den Weg.

»Runter vom Rad, Mähdrescherfahrer, aber fix! Warum grüßt du uns denn nicht, dir ist wohl der Ruhm zu Kopf gestiegen, was? Los, verbeug dich vor uns, verneig dich vor deiner Frau!«

Sie bedrängten Kassym von allen Seiten, zwangen ihn, eine tiefe

Verbeugung vor Aliman zu machen und um Verzeihung zu bitten. Er versuchte mit List freizukommen.

»Verzeiht mir, meine lieben Schnitterinnen, es war gewiss nur ein Versehen von mir. Von jetzt an werde ich euch schon von Weitem grüßen.«

Aber damit wurde er sie nicht los.

»Zur Strafe musst du uns jetzt wie städtische Fräuleins auf dem Fahrrad spazieren fahren«, verlangten sie, »aber so, dass uns der Wind um die Ohren pfeift!«

Sie machten sich auch gleich dran und halfen einander um die Wette aufs Rad, liefen hinterher und kugelten sich vor Lachen. Wenn sie wenigstens stillgesessen hätten, aber nein – sie zappelten und kreischten. Kassym konnte sich kaum noch halten vor Lachen.

»Nun ists aber genug. Schluss, lasst mich los, ihr Sprühteufel«, flehte er.

Aber sie hörten nicht, kaum war die eine runter vom Rad, schon saß die Nächste drauf.

Endlich wurde es Kassym zu bunt.

»Seid ihr denn toll geworden? Der Tau ist schon getrocknet, ich muss den Mähdrescher auf den Acker fahren, und ihr lasst mich nicht fort! Wozu seid ihr hergekommen, zum Arbeiten oder Unfugtreiben? Lasst mich los jetzt!«

Was haben wir gelacht an diesem Tag! Über uns war der Himmel tiefblau, und hell leuchtend strahlte die Sonne!

Wir machten uns an die Arbeit, dass die Sicheln nur so blitzten, die Sonne brannte immer heißer, und über die Steppe klang das Zirpen der Zikaden. Anfangs fällt ungewohnte Arbeit immer schwer, bis man wieder hineinkommt, aber die morgendliche Stimmung verließ mich den ganzen Tag nicht. Leicht und licht wurde mir ums Herz. Alles, was meine Augen sahen, alles, was ich hörte und fühlte, schien für mich, für mein Glück geschaffen, alles schien voll Freude und ungewöhnlicher Schönheit. Mich freute, wenn jemand vorbeiritt und in die hohen Wogen des Weizens tauchte – vielleicht war es Suwankul? Mich freute, das Sirren der Sicheln, das Rascheln des fallenden Weizens, die Worte und das Lachen der Menschen zu hören.

Mich freute, wenn Kassyms Mähdrescher in der Nähe vorüberfuhr und alle anderen Laute übertönte. Kassym stand am Steuer, hielt immer wieder die Hand unter den braunen Strahl des Ausdruschs und atmete den Körnerduft. Mir war, als atmete ich selbst den warmen, noch milchigen Duft des reifen Korns, von dem einem ganz benommen wird.

Als der Mähdrescher uns gegenüber anhielt, rief Kassym, wie von einem Berggipfel, von seiner Maschine herab: »He, Fuhrmann, beeil dich! Halt die Arbeit nicht auf!«

Aliman ergriff sogleich den Krug mit Airan.

»Ich lauf schnell hin und bring ihm was zu trinken!«, sagte sie und lief zum Mähdrescher. Sie eilte über das frische Stoppelfeld, jung, schlank, im roten Kopftuch und weißen Kleid, und schien keinen Krug, sondern das Lied einer liebenden Frau vor sich her zu tragen. Alles an ihr sang von Liebe. Unwillkürlich dachte ich, auch Suwankul würde sich gewiss gern an Airan erfrischen, und blickte mich nach allen Seiten um, aber natürlich vergeblich. Mit Erntebeginn ist der Brigadier nicht mehr aufzufinden, von früh bis spät im Sattel, jagt er von einem Feld zum anderen und hat alle Hände voll zu tun. Am Abend im Feldlager war für uns bereits Brot aus dem Weizen der neuen Ernte gebacken. Das Mehl dafür hatte man schon beizeiten vorbereitet. Man hatte dazu Garben von unserer Handmahd gedroschen, mit der wir vor einer Woche begonnen hatten. Schon oft im Leben habe ich das erste Brot einer neuen Ernte gegessen, und jedes Mal, wenn ich das erste Stück zum Munde führte, hatte ich das Gefühl, als vollzöge ich eine heilige Handlung. Dieses Brot ist zwar dunkel und etwas klebrig, als wäre es aus flüssigem Teig gebacken, doch nichts in der Welt ist seiner Süße und seinem wundersamen Duft vergleichbar: Es duftet nach Sonne, frischem Stroh und Rauch.

Als die hungrigen Schnitter im Feldlager ankamen und sich am Aryk im Gras niederließen, war die Sonne schon am Untergehen. Sie glühte noch im Weizen fern am Horizont. Ein langer, heller Abend schien sich anzukündigen. Wir saßen alle im Gras neben der Jurte. Freilich, Suwankul war noch nicht da, er musste aber bald kommen, und Dshainak war, wie immer, verschwunden. Er war auf dem Fahrrad seines Bruders zur Roten Ecke gesaust, um irgendein Blatt auszuhängen.

Aliman breitete ein Tuch auf dem Gras aus, schüttete Frühäpfel darauf, brachte heiße Brotfladen und goss Kwass in die Tassen. Kassym wusch sich im Aryk die Hände, setzte sich neben das Tischtuch und brach ohne Hast die Fladen in Stücke.

»Sie sind noch heiß«, sagte er, »nimm, Mama, du sollst als Erste das neue Brot kosten.«

Ich segnete das Brot, und als ich ein Stück abbiss, verspürte ich einen fremden Geschmack und Geruch im Mund. Das Brot roch nach den Händen des Mähdrescherfahrers – nach frischem Getreide, erhitztem Eisen und Petroleum. Ich nahm neue Stücke, und alle rochen sie etwas nach Petroleum, dennoch hatte ich niemals so wohlschmeckendes Brot gegessen. Es war doch das Brot meines Sohnes, er hatte es in seinen Händen gehalten, mit denen er den Mähdrescher lenkte. Das Brot des Volkes war es, das Brot derer, die es erzeugt hatten und die jetzt neben meinem Sohn im Feldlager saßen. Heiliges Brot! Mein Herz war von Stolz auf meinen Sohn erfüllt, aber niemand wusste etwas davon. In dieser Minute musste ich daran denken, dass das Glück der Mutter aus dem Glück des Volkes sprießt wie der Halm aus den Wurzeln. Es gibt kein Mutterschicksal ohne das Schicksal des Volkes. Diesem meinem Glauben entsage ich auch jetzt nicht, was ich auch immer habe durchmachen müssen und wie unsanft auch immer das Leben mit mir umgegangen ist. Das Volk lebt, also lebe auch ich.

An diesem Abend ließ Suwankul lange auf sich warten, er musste viel zu tun haben. Es wurde schon dunkel. Die Jugend saß am Flussabhang an Lagerfeuern und sang Lieder. Unter den vielen Stimmen erkannte ich auch die Stimme meines Dshainak. Er war der Ziehharmonikaspieler und auch sonst der Anführer bei allen Spielen und Späßen. Ich horchte auf die vertraute Stimme meines Sohnes und sagte ihm in Gedanken: Sing nur, Söhnchen, sing, solang du jung bist. Das Lied macht die Menschen reiner und bringt sie einander näher. Später wirst du eines Tages dieses Lied hören und wirst derer gedenken, die es mit dir zusammen an diesem Sommerabend gesungen haben.

Und wieder dachte ich an meine Kinder, so scheint nun mal die Natur der Mutter beschaffen zu sein. Ich dachte daran, dass Kassym nun Gott sei Dank schon selbstständig war. Er und Aliman würden im Frühjahr ausziehen, sie hatten schon mit dem Hausbau begonnen und würden sich eine eigene Wirtschaft anschaffen. Dann würden auch bald Enkel kommen. Um Kassym machte ich mir keine Sorgen: Er war genauso ein unermüdlicher Arbeiter wie sein Vater, Ruhe kannte er nicht. Auch jetzt, da es schon dunkel war, zog er noch immer seine Runden mit dem Mähdrescher, ein Stückchen des Feldes war noch nicht abgeerntet. Traktor und Mähdrescher fuhren mit brennenden Scheinwerfern. Aliman war bei ihm. In der Erntezeit ist jede Minute, die man zusammen sein kann, kostbar.

Dann dachte ich an Masselbek und wurde traurig. Vorige Woche hatte er einen Brief geschickt. Er schrieb, dass es ihm in diesem Sommer nicht möglich sei, in den Ferien nach Hause zu kommen. Man hatte ihn in ein Pionierlager am Issyk-Kul-See zum Praktikum geschickt. Da war nichts zu machen, hatte er so einen Beruf gewählt, so musste er ihm wohl gefallen. Wo er auch immer sein mochte, die Hauptsache, er war gesund, überlegte ich.

Suwankul kam spät. In aller Eile aß er etwas, dann ritten wir heim. Morgens musste die Wirtschaft versorgt werden. Für den Abend hatte ich unsere Nachbarin Aischa gebeten, nach dem Vieh zu sehen. Die Ärmste war oft krank. Einen Tag arbeitete sie im Kolchos, und zwei war sie zu Hause. Sie hatte ein Frauenleiden und daher oft Kreuzschmerzen, deshalb hatte sie nur ein Söhnchen – Bektasch.

Als wir nach Hause ritten, war es schon Nacht. Ein leichter Wind wehte. Das Mondlicht wiegte sich auf den Ähren. Die Steigbügel berührten die Rispen des reifen Salzkrauts, und lautlos stieg warmer, herb duftender Blütenstaub auf. Süßer Duft verriet, dass der Honigklee blühte. Etwas unendlich Vertrautes hatte diese Nacht. Mir wurde beklommen ums Herz. Ich saß hinter Suwankul auf dem Sattelkissen. Er bot mir jedes Mal an, mich nach vorn zu setzen, aber ich ritt gern so und hielt mich dabei an seinem Gürtel fest. Wie er so müde und schweigend im Sattel saß – er war schließlich genug herumgejagt den Tag über –, wie er von Zeit zu Zeit einnickte, dann plötzlich hochfuhr und dem Pferd die Sporen gab, war er mir unendlich lieb. Ich betrachtete seinen gekrümmten Rücken, lehnte den Kopf an und dachte bedauernd: Wir werden langsam alt, Suwan. Na, und wennschon, die Zeit vergeht eben. Aber wir leben nicht umsonst. Das ist die Hauptsache. Dabei ist mir immer, als seis noch gar nicht lange her, dass wir jung waren. Wie schnell doch die Jahre verfliegen. Und trotzdem ist es noch interessant zu leben. Nein, es ist noch zu früh, sich zu ergeben. Es gibt noch viel zu tun. Ich möchte noch lange mit dir leben …

Ich richtete mich auf, hob den Kopf, blickte zum Himmel und erschauerte: Droben, zwischen den klaren Sternen zog sich über das Himmelszelt, wie damals, als breites, schimmerndes Band die Goldspur der Garben. Und wieder hatte ich das Empfinden, dass wirklich eben erst jemand mit einer riesigen Garbe der neuen Ernte im Arm dort gegangen war und seine Spur hinterlassen hatte. Goldene Strohhälmchen und Spelte flimmerten dort oben, als würden sie von einem leichten Windhauch bewegt. Man konnte sogar die Körner erkennen, die mit den Spelten verstreut worden waren. Und gleich fiel mir alles wieder ein: jene erste Nacht und unsere Liebe, unsere Jugend und jener mächtige Ackersmann, der in meiner Vorstellung gelebt hatte. So war also alles in Erfüllung gegangen, alles, wovon wir geträumt hatten! Ja, Land und Wasser waren unser geworden, wir pflügten, säten und ernteten unser eigenes Getreide – alles, woran wir in unserer ersten Nacht gedacht hatten, war Wirklichkeit geworden. Wir hatten natürlich nicht gewusst, dass eine neue Zeit anbrechen, ein neues Leben beginnen würde, doch hatte, wie sich nun erwies, der irdische Traum des einfachen Menschen übereingestimmt mit dem Verlangen der Zeit, dem Verlangen nach dem Guten, nach Gerechtigkeit. Ganz vertieft in diese Gedanken, saß ich schweigend da und rührte mich nicht. Suwankul blickte sich um und sagte: »Was ist, Tolgonai, schläfst du? Müde bist du. Lass nur, gleich sind wir zu Hause. Ich bin auch ganz müde.« Nach kurzem

Schweigen fragte er dann: »Wollen wir nicht einen Abstecher zur neuen Straße machen?«

»Von mir aus gern«, stimmte ich zu.

Die neue Straße entstand gleich hinter dem Ail auf freiem Feld. Bis jetzt war es noch gar keine Straße. Erst im Frühjahr hatte man die Parzellen für die Jungverheirateten abgeteilt. Hier und da standen schon die ersten Mauern. Auch Kassym und Aliman hatten hier ein Grundstück bekommen. Deshalb wollten wir im Vorbeireiten gern einmal nachsehen, wie es bei ihnen aussah. In der Erntezeit bleibt tagsüber selten eine freie Minute für die eigenen Angelegenheiten. Kassym, Aliman und Dshainak hatten bereits im Frühjahr Samanziegel geformt und zum Trocknen aufgestapelt. Auch die Baugrube hatten sie ausgehoben und in der vorigen Woche vom Fluss Bruchsteine angefahren. Nur gut, dass sie das noch vor dem Hochwasser geschafft hatten. Die Steine türmten sich mitten im Hof zu einem großen Haufen. Suwankul war zufrieden mit der Arbeit der Jungen.

»Na, also, der Anfang wär gemacht. Die Steine reichen vollauf, es bleibt sogar noch was übrig«, sagte er. »Wenn wir mit der Ernte fertig sind, ziehen wir die Wände hoch und decken das Dach, die Feinarbeiten lassen wir fürs Frühjahr. Bis zum Winter schaffen wirs sowieso nicht mehr. Wie meinst du, Tolgonai, hab ich recht?«

»Natürlich«, antwortete ich, »Hauptsache sind die Wände und das Dach, alles andere hat Zeit.«

Ich musste an Dshainak denken und fing an zu lachen. »Unser Dshainak ist gar nicht mehr zu bändigen in seinem Eifer, er sagt, auf der Versammlung hätten sie einen Beschluss geschrieben: Die neue Straße wird Straße des Komsomol heißen. Und Aliman macht sich lustig über ihn: ›Du bist wie Nasreddin, Dshainak, das Kind ist noch nicht geboren, und du gibst ihm schon einen Namen. Heirate erst mal, bau dir ein Haus und eine Straße, dann kannst du dir Namen ausdenken.‹ Doch Dshainak streitet mit ihr: ›Gar nichts verstehst du‹, sagt er.«

Suwankul schüttelte den Kopf und sagte schmunzelnd: »Ja, er ist nun mal so ein ungeduldiger Bursche. Aber den Straßennamen hat er trotzdem richtig ausgesucht. Es sind doch alles Bauten frisch gebackener, junger Hausherren. Wir wachsen, werden von Jahr zu Jahr mehr Menschen. Der Ail kann uns schon nicht mehr alle beherbergen, und wir bauen neue Straßen. Das ist gut so. Wenn die Straße erst fertig ist, wirst du sehen, dass dein Sohn recht hat …«

Als wir dies Gespräch führten, ahnten wir nicht, dass diese Nacht die verfluchteste aller Nächte war …

»Kopf hoch, Tolgonai, nimm dich zusammen.«

»Ja, ja. Was bleibt mir weiter übrig? Ich werd mir Mühe geben. Erinnerst du dich, liebe Erde, an jenen Tag?«

»Gewiss … Ich vergesse nichts, Tolgonai. Seit die Welt besteht, trage ich die Spuren aller Jahrhunderte in mir, Tolgonai. Die Geschichte ist nicht vollständig in Büchern festgehalten, auch im Gedächtnis der Menschen ist sie nicht vollständig bewahrt – ich aber trage sie ganz in mir. Auch dein Leben, Tolgonai, trage ich in mir, in meinem Herzen. Ich höre dich, Tolgonai. Heute ist dein Tag.«

Am nächsten Morgen machten wir uns noch vor Sonnenaufgang an die Arbeit. Wir begannen auf einem neuen Getreidefeld direkt am Fluss zu mähen. Es war so schmal, dass für den Mähdrescher kein Platz zum Wenden blieb, dabei waren die Ähren schon ganz trocken, am Rand wird das Getreide immer früher reif. Gerade hatten wir uns in einer Reihe über das Feld verteilt und jeder etwa zwei Garben gemäht, als plötzlich am anderen Flussufer ein Reiter auftauchte. Er kam hinter den letzten Höfen des Ails hervorgeprescht und jagte, eine Staubwolke hinter sich lassend, in wildem Galopp geradewegs durch Gestrüpp und Schilf, als wäre eine Meute wilder Hunde hinter ihm her. Jetzt hatte er das Ufergeröll erreicht und hetzte das Pferd, ohne abzubiegen, direkt über die Steine zum Fluss. Erstaunt sahen wir ihm entgegen: Was trieb diesen Menschen, weshalb bog er nicht zur Brücke ab, die zwei Werst stromabwärts lag? Der Reiter war ein junger Russe. Ohne stehen zu bleiben, lenkte er seinen rotbraunen Hengst zum Wasser. Uns stockte vor Schreck der Atem: Suchte er sein Verderben? Um diese Zeit war mit dem Fluss nicht zu spaßen:

Bei Hochwasser riss er selbst ein Kamel, geschweige denn ein Pferd, mit sich fort, dass kein Knochen mehr zu finden war.

»He du, wohin? Zurück, zurück!«, schrien wir.

Er fuchtelte mit den Armen und rief uns etwas zu, aber durch das Getöse des Flusses war nichts zu verstehen, man hörte nur ein lang gezogenes »... i-i-i-i ...«

Wir hatten nicht begriffen, was er wollte. Der Hengst bäumte sich, mit Peitschenhieben trieb ihn der Reiter in die reißende Flut. Ross und Reiter wurden sofort von der Strömung erfasst. Nur der Pferdekopf mit den angelegten Ohren und den gefletschten Zähnen tauchte hin und wieder in den Wellen auf. Der Reiter hielt sich krampfhaft mit beiden Händen an der Mähne fest. Die Mütze hatte es ihm vom Kopf gerissen, wild tanzte sie auf den Wellen. Unruhig liefen wir am Ufer hin und her. Die Strömung trug ihn schnell davon, er passte sich ihr an, bemüht, schräg das Ufer zu gewinnen. Er wurde weit abgetrieben, erst unterhalb der Mühle kam er an Land. Wir atmeten erleichtert auf. Einige waren von der Kühnheit des Burschen begeistert und nannten ihn einen Prachtkerl, jemand meinte, dass sein tollkühner Ritt gewiss etwas zu bedeuten habe und man sich mal erkundigen müsste, ein anderer warf ärgerlich ein: »Irgendein betrunkener Idiot treibt Unfug, und ihr werdet ihm auch noch nachlaufen!«

Damit gaben wir uns zufrieden, die Arbeit wartete auf uns. Er hat recht, dachte ich, ein vernünftiger Mensch hätte sein Leben nicht so aufs Spiel gesetzt.

Als Kassyms Mähdrescher plötzlich zu rattern aufhörte und stehen blieb – an diesem Tag erntete er das Feld neben der Mühle ab –, maß ich dem keinerlei Bedeutung bei: Vielleicht war der Treibriemen abgesprungen oder eine Kette gerissen, oder wer weiß, was sonst noch für Pannen bei der Arbeit passieren konnten. Aliman mähte in meiner Nähe. Plötzlich schrie sie mit durchdringender Stimme: »Mama.«

Ich zuckte zusammen und sah auf. Kreidebleich stand sie da, die Sichel war ihr aus der Hand gefallen.

»Was hast du? Doch keine Schlange?« Ich stürzte zu ihr hin.

Sie schwieg. Ich folgte dem Blick ihrer weit aufgerissenen, erschreckten Augen, und mir stockte das Herz. Neben dem Mähdrescher war Geschrei, direkt durch den Weizen eilten von allen Seiten Menschen dorthin, manche zu Fuß, andere zu Pferd, wieder andere standen auf ihren Fuhrwerken und hieben mit der Peitsche auf die Pferde ein.

»Es ist was passiert, Mama!«, schrie Aliman und stürzte davon. Wie ein Stich durchfuhr es mich, als einer neben mir rief: »Jemand muss ins Messer geraten sein! Oder in die Trommel! Los, laufen wir hin!«

Die Schnitter stürmten Aliman nach.

»Gott behüte! Gott behüte!«, flehte ich, im Laufen die Hände emporgestreckt; ich sprang über einen Aryk und schlug lang hin, stand aber sofort wieder auf und hastete weiter.

Ach, wie bin ich damals durch den Weizen gerannt! Ich wollte schreien, sie sollten auf mich warten, aber ich konnte nicht, die Stimme versagte mir.

Als ich endlich ankam, war der Mähdrescher von einer lärmenden Menge umringt. Ich konnte nichts hören, nichts verstehen. Verzweifelt versuchte ich, mir einen Weg durch die Menge zu bahnen: »Macht Platz! Lasst mich durch!« Die Leute traten auseinander, und als ich Kassym und Aliman nebeneinander am Mähdrescher stehen sah, streckte ich wie eine Blinde die zitternden Arme nach meinem Sohn aus. Kassym kam auf mich zu und fing mich auf.

»Es ist Krieg, Mama!«, hörte ich wie von Weitem seine Stimme.

Ich blickte ihn an, als ob ich nicht begriffe, was das für ein Wort sei.

»Krieg? Krieg, sagst du?«, fragte ich zurück.

»Ja, Mama, Krieg ist ausgebrochen«, antwortete er.

Mir aber kam immer noch nicht klar zum Bewusstsein, was sich hinter diesem Wort verbarg.

»Wie denn, Krieg? Warum Krieg? Krieg, sagst du?«, wiederholte ich dieses unheimliche Wort, und dann packte mich jähes Entsetzen, und ich begann leise zu weinen nach all der ausgestandenen Angst und der unerwarteten Nachricht.

Als die Frauen mein tränenüberströmtes Gesicht sahen, fingen sie an, laut zu jammern und zu klagen.

»Ruhe! Still hier!«, ertönte eine Männerstimme aus der Menge.

Sofort verstummten alle, als erwarteten sie, dass er, dieser Mann, gleich etwas sagen würde, dass er verkünden würde, es sei alles nicht wahr. Aber er sagte nichts. Niemand sagte etwas. Es wurde so still in der Steppe, dass deutlich das donnernde Tosen des Flusses zu hören war. Jemand seufzte laut und bewegte sich. Dann schienen alle wieder angespannt zu lauschen, aber keiner sagte ein Wort. Und abermals wurde es so still in der Steppe, dass selbst die Hitze hörbar wurde, sie klang wie das feine Sirren einer Mücke am Ohr.

Da blickte Kassym auf die Menschen um ihn her und murmelte leise vor sich hin, als spräche er zu sich selbst: »Jetzt muss schnell das Getreide unter Dach und Fach gebracht werden, sonst kommt es noch unter den Schnee.« Er schwieg einen Augenblick, dann hob er jäh den Kopf und befahl seinem Gehilfen: »Was stehst du noch hier? Lass den Motor an! Und ihr, was starrt ihr in die Luft? Wenn wir mit der Ernte nicht rechtzeitig fertig werden, wird es euer eigener Schaden sein! Also los, an die Arbeit!«

In die Menge kam Bewegung. Erst da erblickte ich den russischen Burschen vom anderen Ufer. Klatschnass von Kopf bis Fuß, stand er da und hielt den vor Nässe triefenden Hengst am Zaum. Als die Menschen in Bewegung gerieten, schien der Bote aufzuwachen, langsam hob er den blonden Kopf und begann die Sattelgurte festzuziehen. Er war noch ein ganz junges Bürschchen, ein Altersgenosse meines Dshainak, nur war er hoch gewachsen und breitschultrig. Die nassen Haarsträhnen klebten ihm an der Stirn, auf den Lippen und im Gesicht hatte er frische Schrammen, und in seinen noch ganz jungenhaften Augen spiegelte sich ein so strenges Leid wider, dass ich begriff: Eben erst hatte er Abschied von seiner Jugend genommen, eben erst war er zum Mann gereift, heute, an einem einzigen Morgen. Er seufzte schwer, schwang sich in den Sattel und sagte zu einem von unseren Jungs aus dem Ail: »Hör mal, Freund, reit gleich mal los und such den Vorsitzenden und die Brigadiere, richt ihnen aus, sie sollen unverzüglich ins Kreisparteikomitee kommen. Ich muss weiter, hab noch zwei andere Kolchose zu benachrichtigen.« Mit diesen Worten gab er seinem Pferd die Sporen. Der Junge, an den er sich gewandt hatte, hielt ihn jedoch zurück.

»Wart mal, du hast doch deine Mütze verloren. Hier, setz meine auf, es ist heiß heute.«

Lange blickten wir dem jungen Boten nach und horchten, wie dumpf und beängstigend der hart getrocknete Weg unter den Hufen des pfeilschnellen rotbraunen Hengstes erdröhnte. Bald hatte der Staub den Reiter verschluckt. Wir aber standen immer noch am Weg, jeder mit seinen eigenen Gedanken beschäftigt, und als plötzlich die Motoren von Mähdrescher und Traktor gleichzeitig aufheulten, fuhren wir zusammen und sahen uns an.

Mit dieser Minute begann ein neues Leben – das Leben im Krieg.

Wir hörten nicht den Schlachtenlärm, aber unsere Herzen hörten die Schreie der Menschen.

Solch eine sengende Hitze, solch eine Glut hatte ich mein Lebtag noch nicht kennengelernt. Spuckte man auf einen Stein, so kochte der Speichel. Das Getreide wurde mit einem Mal reif, innerhalb von drei, vier Tagen. Durchweg trocken und gelb, stand es bis an den fernen Horizont und wartete auf die Ernte. Welch ein Reichtum das war! Es fiel mir schwer, mit anzusehen, wie viel davon verloren ging in der Hast. Wie viel wurde niedergetreten und unterwegs verschüttet. Wir beeilten uns so sehr, dass wir den Weizen nicht einmal zu Garben banden, sondern ihn einfach mit Gabeln auf Haufen warfen: nur schnell auf die Tenne zur Dreschmaschine, und unterwegs rieselten und rieselten die Körner. Aber auch das war noch zu ertragen, viel schlimmer war es, die Menschen anzusehen. Jeden Tag wurden welche zur Armee eingezogen.

Die Zurückbleibenden aber arbeiteten weiter. Sie arbeiteten in der Mittagsglut und in den schwülen Trockenwindnächten, bei der Mahd, beim Drusch, beim Einfahren, sie arbeiteten unentwegt und kannten keinen Schlaf und keine Ruh. Dabei wurde die Arbeit immer mehr, denn immer weniger Männer blieben übrig. Kassym, mein armer Junge, glaubte er denn wirklich, allein bewältigen zu können, was schon nicht mehr zu schaffen war? Die Ernte hatte sich hoffnungslos verzögert, er aber jagte seinen Mähdrescher wie ein Besessener übers Feld, Tag und Nacht ließ er ihn nicht verstummen, Streifen um Streifen erntete er das Getreide ab, in Wolken glühenden Staubes gehüllt, hetzte er von einem Feld zum anderen. All diese Tage kam er nicht vom Mähdrescher herunter und ließ das Steuerrad nicht aus der Hand. Tagelang stand er im glutheißen Wind am Steuer und blickte wie ein Falke unverwandt in den trüben Dunst des Höhenrauchs, der das noch abzuerntende Getreide verhüllt. Wenn ich meinen Jungen sah, wenn ich in sein schwarzes Gesicht mit den eingefallenen, stoppeligen Wangen blickte, wurde mir angst und bange, und er tat mir in der Seele leid. Das Herz blutete mir. Er wird sich zugrunde richten, zusammenbrechen wird er in der Sonnenglut, dachte ich, konnte mich aber nicht entschließen, etwas zu sagen. Der verbissene Ausdruck seiner Augen verriet mir, dass er nicht nachgeben, dass er bis zur letzten Stunde bei der Ernte aushalten würde.

Und diese Stunde kam. Eines Tages, als Aliman wieder zum Mähdrescher gelaufen war, kehrte sie mit gesenktem Kopf von dort zurück.

»Er hat die Einberufung bekommen«, sagte sie leise.

»Wann denn?«

»Eben hat sie der Bote vom Dorfsowjet gebracht.«

Ich hatte gewusst, dass auch an Kassym früher oder später die Reihe kommen würde, in den Krieg zu ziehen, so wie an viele andere. Trotzdem wurden mir die Knie weich, als ich die Nachricht vernahm. Meine ermatteten Arme schmerzten plötzlich so stark, dass ich die Sichel fallen ließ und mich auf die Erde niedersetzte.

»Was macht er denn noch dort, er muss doch seine Sachen packen«, brachte ich mühsam über meine zitternden Lippen.

»Er sagt, er kommt erst zum Abend. Ich gehe, Mama, sagen Sie es dem Vater. Auch Dshainak ist heute nirgends zu sehen. Wo mag er bloß stecken?«

»Geh nur, Aliman, geh. Rühr Teig ein. Ich komme bald«, sagte ich zu ihr.

So wie ich gesessen hatte, blieb ich auf dem Stoppelfeld sitzen.

Lange verharrte ich so und hatte nicht mal die Kraft, das Tuch aufzuheben, das mir vom Kopf geglitten war. Da gewahrte ich die Ameisen, die, eine hinter der anderen, den kleinen Pfad entlangkrabbelten. Auch sie arbeiteten, schleppten Stroh und Körner und ahnten nicht, dass neben ihnen ein Mensch mit seinem Kummer saß, ein ebenso arbeitsames Wesen wie sie, das in dieser Minute sogar sie, die Ameisen, diese unermüdlichen winzigen Arbeiter, beneidete. Sie konnten ruhig ihrer Arbeit nachgehen. Wäre nicht Krieg gewesen, hätte ich sie dann jemals um ihr Ameisendasein beneidet? Ich schäme mich geradezu ...

Inzwischen war Dshainak mit seinem Fuhrwerk gekommen. Er fuhr in diesen Tagen im Wagenzug der Komsomolzen Getreide zur Bahnstation. Anscheinend hatte er von der Einberufung seines Bruders gehört und kam, um mich zu holen. Er sprang vom Wagen, hob mein Tuch auf und band es mir um den Kopf.

»Komm, Mama, wir wollen heimfahren«, sagte er und half mir beim Aufstehen.

Wir fuhren schweigend. In den letzten Tagen war Dshainak nicht wiederzuerkennen, so hatte er sich verändert; ernster war er geworden. Er erinnerte mich sehr an den russischen Burschen, den Boten. Dieselbe Strenge war in seine Kinderaugen eingezogen. Auch er hatte in diesen Tagen Abschied genommen von seiner Jugend. Viele nahmen damals Abschied von ihr ... Während ich über Dshainaks Veränderung nachdachte, fiel mir ein, dass schon lange keine Nachricht mehr von Masselbek gekommen war. Was mag dort mit ihm sein? Ist er eingezogen worden oder nicht? Warum schreibt er nicht, kann er nicht wenigstens ein paar Zeilen schicken? Oder ist ihm sein Vaterhaus fremd geworden, hat er Vater und Mutter vergessen, ist sein Herz verhärtet dort in der Stadt? Was kann es jetzt noch für ein Studium geben, er soll lieber nach Hause kommen, was will er jetzt noch dort?, dachte ich niedergeschlagen, während ich auf dem Wagen saß.

Dann fragte ich Dshainak: »Du fährst doch dauernd zur Bahnstation, Dshainak, was sagen sie denn da, ist der Krieg nicht bald zu Ende?«

»Nein, Mama, so bald nicht«, antwortete Dshainak. »Unsere Sache steht schlecht zurzeit. Der Deutsche stößt noch immer vor. Ja, wenn es den Unseren gelingen würde, sich irgendwo zu halten und ihm mal tüchtig einzuheizen, dann würden wir vorstoßen. Ich glaube, bald wird es so weit sein.« Er verstummte und trieb die Pferde an, dann blickte er sich nach mir um und sagte: »Du hast Angst, Mama, nicht wahr? Große Angst, ja? Denk nicht dran, Mama, du musst nicht dran denken. Mach dir keine Sorgen. Du wirst sehen, alles wird gut.«

Ach, mein dummer Junge du, beruhigen wollte er mich, leid tat ich ihm. War es denn möglich, nicht zu denken? Hätte ich auch die Augen geschlossen und mir die Ohren verstopft, ich hätte doch nicht aufhören können zu denken.

Als wir nach Hause kamen, saß Aliman da und weinte. Sie hatte noch keinen Teig eingerührt. Ich war ärgerlich und wollte sie zuerst beschimpfen: Bist du vielleicht besser als die anderen, alle gehen, nicht nur dein Mann. Flennt hier und legt die Hände in den Schoß. So geht das nicht. Wie sollen wir sonst weiterleben? Dann überlegte ich es mir aber und machte ihr keine Vorwürfe. Ich hatte Mitleid mit ihrer Jugend. Vielleicht war das unklug, vielleicht hätte ich ihre Gefühle vom ersten Tag an nicht schonen sollen, möglich, dass es ihr dann später leichter gefallen wäre. Ich weiß es nicht, jedenfalls habe ich damals nichts zu ihr gesagt.

Kassym kam erst am Abend, fast bei Sonnenuntergang. Kaum war er durchs Tor getreten, als Aliman den Herd im Stich ließ, weinend zu ihm hinlief und sich ihm an den Hals hängte.

»Ich kann ohne dich nicht leben, ich sterbe.«

Kassym kam direkt vom Mähdrescher und war noch ganz staubig, schmutzig und ölverschmiert. Er löste die Arme seiner Frau von seinem Hals und sagte: »Nicht doch, Aliman. Ich bin doch schmutzig. Gib mir lieber Seife und Handtuch, ich gehe zum Fluss baden.«

Aliman drehte sich um und sah mich an; ich begriff. Rasch drückte ich ihr einen leeren Eimer in die Hand.

»Geh und bring gleich Wasser mit.«

An diesem Abend kamen sie spät vom Fluss zurück. Der Mond

hatte schon drei Viertel seines Weges hinter sich. Ich musste allein zu Hause fertig werden, Dshainak half mir. Gegen Mitternacht erschien auch Suwankul. Ich hatte die ganze Zeit auf ihn gewartet und war schon unruhig geworden. Wo er nur bleiben mochte. Wie sich herausstellte, war er noch bei Tage in die Berge geritten und hatte den rehbraunen Zelter aus der Herde geholt. Wir hatten das Tier noch als Füllen für Kassym gekauft, als er anfing, Traktor zu fahren. Es war ein guter Zelter, leichtfüßig, mit festem, hallendem Hufschlag und weißbestrumpften Hinterbeinen. Er war im ganzen Ail berühmt, die Mädchen besangen ihn in ihren Liedern:

Hör des Zelters Hufschlag ich am Wege,
lauf ich flugs vors Tor, ihm nachzuschauen …

Anscheinend hatte der Vater beschlossen, dass der Sohn wenigstens zum Abschied ein, zwei Tage auf seinem rehbraunen Zelter reiten sollte.

Frühmorgens verließen wir alle den Ail und machten uns auf den Weg zum Kriegskommissariat, Aliman und ich auf Dshainaks Wagen, Kassym und der Vater auf ihren Pferden. Damals erreichten die Einberufungen gerade ihren Höhepunkt. Noch gab es in den Ailen viele Männer. Ich blickte die Chaussee entlang – sie war schwarz von Menschen, das eine Ende des lebenden Stromes mündete in die Große Schlucht, das andere war nicht zu sehen. Sie kamen aus allen Siedlungen, zu Pferde oder mit Ochsengespannen. In der Kreisstadt konnte man nicht treten vor Menschen und Fuhrwerken. Sogar Kinder, Greise und Greisinnen waren hier. Alle drängten sich um die Ihren und wichen keinen Schritt von ihnen. Manche weinten, manche waren aber auch schon angetrunken. Nicht umsonst heißt es: Das Volk ist ein Meer, in ihm gibts Tiefen und Untiefen. So gab es denn auch hier, bei diesem lärmenden Abschied von denen, die in den Krieg zogen, standhafte, beherrschte Dshigiten, die sich mannhaft hielten, zur rechten Zeit das rechte Wort fanden, die Menschen sogar aufheiterten und zur Ziehharmonika sangen und tanzten. Kirgisische und russische Lieder lösten einander ab, die »Katjuscha«

aber wurde von allen gemeinsam gesungen. Ich hörte sie damals zum ersten Mal.

Auf dem weitläufigen Hof des Kriegskommissariats war nicht genug Platz für die Einberufenen, so ließ man sie auf der Hauptstraße des Ortes in Reihen antreten und rief sie namentlich auf. Die Menge verstummte und hielt den Atem an. Als ich die, die in den Krieg ziehen sollten, ansah, stieg es mir heiß in die Augen. Alle waren, wie ausgesucht, junge, gesunde Dshigiten, wie geschaffen zum Leben und Arbeiten. Jedes Mal, wenn wieder einer nach der Liste aufgerufen wurde, antwortete er mit »hier« und warf einen Blick in unsere Richtung. Unwillkürlich fuhr ich zusammen, als ich hörte: »Suwankulow, Kassym«; eine neue Welle brennenden Schmerzes verschleierte mir die Augen. »Hier«, antwortete Kassym. Aliman presste meine Hand. »Mama«, flüsterte sie. Was konnte ich tun? Ich wusste, wie schrecklich schwer ihr die Trennung fiel, aber wer durfte denn abseits stehen vom Volk, noch dazu in Tagen des Unheils? Ach, Aliman, meine Aliman! Sie sah ja ein, dass der Krieg es erforderte, dass es notwendig war für das ganze Land, aber ich habe im Leben keine Frau gekannt, die ihren Mann so geliebt hätte wie sie.

Noch am selben Tag kehrten wir in den Ail zurück, wir hatten erfahren, dass die Eingezogenen erst am nächsten Tag abrücken würden. Kassym hatte uns überredet, nach Hause zu fahren: Wozu sollten wir uns dort herumquälen, er würde auf dem Weg zur Bahnstation zu Hause vorbeikommen und Abschied von uns nehmen, lag doch unser Kolchos direkt an der Landstraße. Wir ließen Aliman Suwankuls Pferd da und fuhren selbst, zusammen mit anderen, mit einem Pferdefuhrwerk. Dshainak blieb ebenfalls in der Kreisstadt, er hatte mit seinem Wagen Mobilisierte zur Bahnstation zu bringen.

Als ich nachts in das leer gewordene Haus trat, ließ ich meinen Tränen ungehindert freien Lauf. Suwankul kochte Tee, goss mir besonders starken ein und hieß mich, ihn auszutrinken.

Dann setzte er sich neben mich und sagte: »Wer waren wir beide, Tolgonai? Mit diesem Volk sind wir zu Menschen geworden, so wollen wir auch alles mit ihm teilen – Gutes und Böses. Solange es uns gut ging, waren alle zufrieden, und jetzt sollte mit einem Mal jeder nur an sich denken und über sein eigenes Schicksal jammern? Nein, das wäre nicht ehrlich. Nimm dich zusammen morgen. Wenn sich Aliman halb tot grämt, ist das eine andere Sache, sie hat noch nicht erlebt, was wir erlebt haben. Du aber bist eine Mutter. Vergiss das nicht! Du musst schließlich damit rechnen, dass auch ich gehe, wenn sich der Krieg in die Länge zieht, und auch Masselbeks Jahrgang wird drankommen, auch er kann eingezogen werden. Also mach dich auf alles gefasst, Tolgonai, gewöhne dich dran ...«

Am Nachmittag des folgenden Tages begann der Abmarsch. Kassym und Aliman waren der Kolonne vorausgeritten und kamen im Galopp angejagt. Man hatte Kassym gestattet, zu Hause vorbeizureiten, um sich zu verabschieden. Alimans Augen waren geschwollen wie zwei große Wasserblasen, offenbar hatte sie den ganzen Weg über geweint. Kassym nahm sich zusammen und war bestrebt, die Fassung zu bewahren, aber auch ihm war nicht leicht ums Herz. Ich weiß nicht, was ihn veranlasst hatte, sich so etwas auszudenken, fürchtete er für Aliman und wollte er ihr den Abschied erleichtern, oder hatte er wirklich eine derartige Anweisung erhalten, jedenfalls, noch kaum vom Pferd gestiegen, bat er uns, nicht mit zur Bahnstation zu fahren. Er sagte, möglicherweise würde er noch mal nach Hause zurückkommen, da beschlossen worden sei, Mähdrescherfahrer und Traktoristen erst nach Abschluss der Ernte einzuziehen. Wenn dieser Beschluss noch rechtzeitig einträfe, würde man sie wahrscheinlich von der Bahnstation aus zurückschicken.

Heute weiß ich, dass er das nur aus Mitleid mit Aliman und mit uns gesagt hat. Bis zum Bahnhof war es fast eine Tagesreise, und die Rückfahrt wäre uns endlos geworden, die Tränen hätten nicht gereicht. Aber damals glaubte ich ihm; man sagt, die Hoffnung verlässt den Menschen bis zum Tode nicht. Während wir Kassym bis zur Landstraße das Geleit gaben, kamen mir jedoch schon die ersten Zweifel.

Unterwegs verabschiedeten sich von Kassym alle, die bei der Ernte waren. Die Schnitter, die Gespannführer und die Drescher von der Tenne kamen angelaufen, und auch der Mähdrescher war in der Nähe. Kassyms Gehilfen ließen ihn nicht weit von uns halten und kamen ebenfalls gerannt, um Abschied zu nehmen.

Es heißt, wenn der Schmied in den Krieg zieht, nimmt er Abschied von Hammer und Amboss. Mein Kassym war ein Meister, ein Schmied seines Faches. Als der Mähdrescher stehen blieb, warf Kassym, während er sich mit seinen Dorfgenossen unterhielt, einen Blick zur Straße hinüber. Dort tauchte in der Biegung gerade erst die lang gestreckte Kolonne der Mobilisierten mit Wagen und Pferden auf, eine Rote Fahne an der Spitze.

»Hier, Vater, halt mal!« Kassym übergab die Zügel des Rehbraunen Suwankul und schritt auf den Mähdrescher zu. Er ging um ihn herum und betrachtete ihn von allen Seiten. Mit einem Mal lief er die Stufen zum Fahrersitz hoch. »Los, Eschenkul, fahr zu! Fahr, was du kannst, wie damals!«, rief er dem Traktoristen zu.

Die Motoren, die bis dahin nur auf halben Touren gelaufen waren, heulten auf, der Mähdrescher begann zu rattern, drauflos gings mit klirrenden Ketten, der Weizen wurde nur so verschlungen, und die Dreschmaschine spie einen wahren Strohsturm aus. Kassym aber hielt sein Gesicht dem heißen Wind entgegen, reckte die Schultern, lachte und schien alles vergessen zu haben. Er und der Traktorist riefen sich etwas zu, sie nickten mit dem Kopf, wendeten am Feldende und fuhren wieder drauflos. Wie ein Steppenvogel flog der Mähdrescher über das Feld. Für eine Minute vergaßen wir den Krieg. Die Menschen standen da mit glücklichen Augen, am stolzesten aber war Aliman. Langsam ging sie dem Mähdrescher entgegen und lachte dabei leise vor sich hin. Der Mähdrescher hielt. Unsere Gesichter verfinsterten sich wieder. Bektasch, das Söhnchen unserer Nachbarin Aischa – er war dreizehn Jahre alt und nahm in diesem Sommer an der Strohpresse des Mähdreschers das Stroh ab –, stürzte zu Kassym, küsste ihn und weinte. Ich biss mir die Lippen wund, am liebsten hätte ich laut losgeheult, aber eingedenk der Worte Suwankuls, traute ich mich nicht. Kassym hob Bektasch hoch, küsste ihn, stellte das Kerlchen ans Steuerrad und kam langsam die Stufen herunter. Wir umringten ihn. Er verabschiedete sich von seinen beiden Gehilfen, dem Traktoristen und dem zweiten Mähdrescherfahrer.

Er musste sich beeilen. Die Kolonne auf der Landstraße hatte bereits den Ail erreicht.

So gaben wir Kassym das Geleit. Als jedoch der Augenblick gekommen war, da er aufs Pferd steigen musste, wars um Aliman geschehen; ungeachtet der Leute, schrie sie auf und hing ihm mehr tot als lebendig am Hals. Sie war leichenblass, nur die Augen brannten. Wir mussten sie mit Gewalt von ihm wegziehen. Aber sie riss sich von uns los und stürzte wieder zu ihrem Mann hin. Und so immer wieder. Wie ein kleines Kind zog sie Kassym an der Hand, ließ ihn nicht den Fuß in den Steigbügel setzen, flehte: »Warte doch! Nur eine Minute! Eine Minute noch!«

Kassym küsste sie und redete ihr gut zu: »Wein doch nicht so, Aliman! Du wirst sehen, morgen komme ich wieder zurück vom Bahnhof. Glaub mir!«

Da sagte Suwankul zur Schwiegertochter: »Geh nur, Aliman, und begleite ihn allein bis zur Landstraße. Wir werden uns hier von ihm verabschieden. Wir halten ihn nicht lange auf.« Suwankul ergriff die Hände seines Sohnes und sagte leise: »Sieh mir in die Augen.« Sie blickten einander in die Augen.

»Hast du mich verstanden?«, fragte der Vater.

»Ja, Vater, ich habe dich verstanden«, antwortete der Sohn.

»Dann mach dich auf den Weg, Gott mit dir!« Suwankul schwang sich aufs Pferd und ritt, ohne sich umzudrehen, davon.

Als sich Kassym von mir verabschiedete, sagte er: »Wenn ein Brief von Masselbek kommt, schickt mir seine Adresse.«

Kassym und Aliman gingen zur Landstraße, den rehbraunen Zelter am Zaum führend. Ich ließ kein Auge von ihnen. Die Kolonne auf der Landstraße war bereits weit voraus. Kassym schwang sich in den Sattel, und Aliman lief, sich am Steigbügel festhaltend, nebenher, schließlich beugte sich Kassym zu ihr herab, küsste sie zum letzten Mal und ließ den Rehbraunen in schnellem Passgang davonjagen.

Aliman aber rannte und rannte hinter dem von den Hufen aufgewirbelten Staub drein. Ich ging ihr nach und brachte sie nach Hause.

Am Abend des nächsten Tages kehrte Dshainak von der Bahnstation zurück, der abgesattelte Zelter war hinten an seinen Wagen gebunden.

In der Ferne tobte die Schlacht, floss Blut, unsere Schlacht aber war die Arbeit. Kassym hatte mit Recht zur Eile gemahnt: Sosehr wir uns auch anstrengten, das letzte Getreide bekam doch noch Schnee ab. Stellenweise blieben auch Kartoffeln unterm Schnee, wir schafften es nicht mehr, sie zu roden. Die Männer gingen alle an die Front, einer nach dem anderen, Tag für Tag. Wir arbeiteten von früh bis spät im Kolchos. Alle Gespräche drehten sich nur noch um den Krieg – wie es an der Front aussah, was es dort Neues gab –, und der am sehnlichsten erwartete Gast in jedem Haus war der Briefträger.

Eine Woche nachdem wir Kassym das Geleit gegeben hatten, kam ein Brief von Masselbek. Er schrieb, dass er zusammen mit seinen Studienkameraden eingezogen worden sei. Vorläufig lägen sie noch in derselben Stadt. Wir sollten nicht traurig sein, weil wir uns nicht mehr hätten sehen und verabschieden können, wer hätte denn geahnt, dass es so käme, die Hauptsache wäre schließlich, sie kehrten siegreich heim. Der zweite Brief kam schon aus Nowosibirsk. Er schrieb, er wäre dort an einer Offiziersschule, und schickte ein Foto von sich mit. Dieses Bild hängt auch jetzt noch eingerahmt bei mir an der Wand, es ist nur schon etwas verblasst. Ein schönes Foto: Er sieht gut aus in der Uniform, das volle Haar ist glatt zurückgekämmt, die Augen blicken ein wenig traurig und nachdenklich. So sehe ich ihn noch heute manchmal im Traum ... Aliman hatte Masselbek nur ein einziges Mal gesehen, als er für einen Tag zu seines Bruders Hochzeit gekommen war.

»Sieh mal, Mama, unser Masselbek ist doch ein hübscher Bursche«, sagte sie, das Foto betrachtend. »Damals, als ich hinter den Vorhängen saß, konnte ich ihn mir gar nicht richtig ansehen, es schickte sich nicht für mich als Braut, ihn von dort aus anzustarren, ich genierte mich einfach. Wär das schön, wenn er zurückkäme, und ein Mädchen fände, das ebenso gebildet und hübsch ist wie er. Nicht wahr, Mama, das wär doch schön!«

Ich stimmte ihr zu und begann selbst, von diesem Tag zu träumen.

Bis zur Mitte des Winters war ich innerlich mehr oder weniger ruhig. Meine Söhne schrieben regelmäßig, und das genügte mir. Aber dann erhielt ich einen Brief von Kassym, in dem er schrieb, dass sie an die Front kämen. Furcht schlich sich in meine Seele, mir stockte das Herz. Zudem wurde auch noch Suwankul andauernd ins Kriegskommissariat beordert, bald vor die Kommission, bald zur Registrierung, dann wieder zur Neuregistrierung. Er kam ganz herunter, denn er musste sich geradezu zerreißen zwischen den Fahrten ins Kriegskommissariat und seinen Pflichten als Kolchosbrigadier. Ich hatte nicht damit gerechnet, dass sie auch Suwankul einziehen würden, denn ein Kolchos ohne Brigadier ist doch wie ein Mensch ohne Hände. Aber auch er wurde einberufen. Ich erfuhr es auf der Tenne, wo wir gerade das Getreide droschen, das schon Schnee abbekommen hatte. Als ich es hörte, steckte ich die Gabel ins Stroh und lehnte mich mit dem Gesicht an den kalten Gabelstiel. So stand ich da, unfähig, meine Gedanken zu sammeln. Was nun? Wie weiterleben? Zwei Söhne waren schon dort, nun ging auch der Mann noch an die Front ...

Da kam auch schon Suwankul geritten, schweigend stieg er vom Pferd, trat auf mich zu und sagte: »Komm nach Hause, ich muss mich fertig machen.«

Ich ritt auf seinem Pferd, und er ging zu Fuß nebenher, er meinte, so könnten wir uns am besten unterhalten. Aber das Gespräch wollte nicht recht in Gang kommen, wir schwiegen mehr, als wir sprachen. Nicht etwa, dass wir uns nichts zu sagen hatten, uns war schwer ums Herz, und davon war alles wie verkrampft innerlich, jedes Wort bereitete uns Qualen. So zogen wir dahin – ich zu Pferd und er zu Fuß. Trübe, graue Wolken verdeckten den Himmel. Aus der Gelben Ebene wehte es feucht und kalt herüber, der Wind fegte dicht über den Erdboden hin und pfiff in den Halmen des Salzkrauts, Schneesturm verkündend. Ich blickte mich um – das Feld war öd und leer, kein Mensch, kein Laut, keine Bewegung, kalt und düster.

Suwankul rauchte eine selbst gedrehte Zigarette nach der anderen. Dann nahm er meine Hand.

»Ist dir kalt?«, fragte er.

Ich sagte nichts. Auch er schwieg, obwohl er schon zum Reden angesetzt hatte. Er hatte wohl seine Gedanken mit mir teilen wollen: Nach unseren Söhnen gehe nun auch ich an die Front. Wie mag es wohl werden, wird es mir beschieden sein heimzukehren oder nicht ... Vielleicht nehmen wir heute für immer Abschied. Wenn ja, so seis; wie viele Jahre haben wir in Liebe und Eintracht miteinander gelebt. Wenn je etwas gewesen ist, so wollen wir einander verzeihen. Man kann nie wissen, was das Schicksal mit uns vorhat.

Ob er diese Worte sagen wollte oder andere, wer konnte es wissen, er schwieg, schaute mir ins Gesicht und biss sich auf die Lippen. Mir fiel auf, dass erstes Grau in seinem schwarzen Schnurrbart schimmerte. Früher hatte ich das gar nicht bemerkt.

Ich dachte daran, wie wir uns, blutjung noch, hier auf diesem Feld begegnet waren, wie wir hier zweiundzwanzig Jahre lang zusammen gearbeitet, Schweiß vergossen, Kinder großgezogen und Getreide angebaut hatten, und augenblicklich erstand unser ganzes Leben vor meinen Augen. Nie hätte ich geglaubt, dass wir uns einmal so trennen müssten und vielleicht sogar für immer. Ich dachte daran, wie wir in der Sommernacht des ersten Erntetages diesen Weg entlanggeritten waren, und als ich die neue Straße am Rande des Ails halb fertig und verlassen daliegen, als ich die Ziegel und Bruchsteine auf Alimans und Kassyms Grundstück sah, barg ich mein Gesicht in der Mähne des Pferdes und brach in Schluchzen aus. Ich weinte lange.

Suwankul schwieg und wartete geduldig, dann sagte er: »Wein dich richtig aus, Tolgonai, hier sind wir allein, denn von nun an darfst du den Leuten keine Tränen mehr zeigen. Du bist jetzt nicht nur für Aliman und Dshainak das Familienoberhaupt, du wirst auch meinen Platz als Brigadier einnehmen müssen. Wir haben niemanden außer dir.«

Ich weinte nur noch heftiger.

»Ich pfeife auf dein Brigadieramt. Wie kannst du nur jetzt davon sprechen. Ich brauche nichts. Ich will nichts davon hören!«

Am Abend wurde ich jedoch in die Kolchosverwaltung gerufen. Dort saßen unser neuer Vorsitzender, der verwundete Frontsoldat Ussenbai, Suwankul und noch einige alte Männer, die Aksakale des Ails. Ussenbai ging sogleich auf sein Ziel los: »Sie mögen sagen, was Sie wollen, Mutter Tolgonai, doch Sie werden sich wohl auf Männerart gürten und das Pferd des Brigadiers besteigen müssen. Niemand kennt besser als Sie Wasser, Land und Leute unseres Ails. Wir vertrauen Ihnen, vertrauen Ihnen nicht zuletzt deshalb, weil unser bester Brigadier Ihnen vertraut, dem wir jetzt mit zusammengebissenen Zähnen das Geleit an die Front geben. Da ist nichts zu machen. Vom morgigen Tag an müssen Sie die Arbeit übernehmen, Mutter Tolgonai.«

Auch die Aksakale rieten mir zu. Kurz, sie brachten mich dahin, dass ich mich einverstanden erklärte, als Brigadier zu arbeiten. Wie hätte ich es auch ablehnen können! Verstand ich doch sehr wohl, was für eine Zeit wir durchmachten. Ja, ich handelte richtig, schon allein deshalb, weil es der letzte Wille meines Suwankul war. In jener Nacht schlief er bis zum Morgen nicht, die ganze Zeit gab er mir Ratschläge und Anweisungen: Du musst mit den Frühjahrsvorbereitungen beginnen, das Zugvieh muss sich ausruhen, die Pflüge, Eggen und Fuhrwerke sind zu reparieren ... Kümmere dich um die kinderreichen Familien und um die alten Leute ... Dies musst du so machen, jenes so ... Ach, mein unruhiger Geist du, mein lieber Mann, mein Herzensfreund ...

Draußen tobte der Schneesturm bis zum Morgen, und im Schornstein heulte der Wind.

Auch Suwankul gaben wir bis zur Landstraße das Geleit. Dort setzte er sich mit anderen älteren Männern auf Dshainaks Wagen, und sie fuhren davon, schnell verschwanden sie im Schneegestöber. Kalt war es, ein eisiger Wind schnitt mir ins Gesicht. Langsam ging ich nach Hause, oft blickte ich mich um, bitterlich weinend.

Von diesem Tag an gürtete ich mich, wie unser Vorsitzender Ussenbai gesagt hatte, setzte mich aufs Pferd und kam meinen Pflichten als Brigadier nach. Das ist auch heute noch keine leichte Arbeit, nicht jeder ist ihr gewachsen, damals aber war es eine reine Qual.

Gesunde Männer gab es nicht mehr in den Ailen, nur noch kranke und lahme, und die übrigen Arbeitskräfte waren Frauen, Mädchen, Kinder und Greise. Alles, was wir ernteten, lieferten wir an die Front ab. Und wie sah es in der Wirtschaft aus: Wagen ohne Räder, das Zaumzeug – nur noch zerrissene Strippen, die Kummete zerschlagen, in der Schmiede nicht einmal Kohle. Den Schmiedeherd heizten wir mit Steppendisteln, um ihn nicht ganz ausgehen zu lassen. Das Leben der Menschen war auch nicht mehr das gleiche wie früher, der Hunger pochte an die Türen. Trotzdem setzten wir alles daran, dass die Kolchoswirtschaft nicht völlig zum Erliegen kam, wir hielten sie in Gang, soweit unsere Kräfte reichten.

Wenn ich jetzt zurückdenke: Um der Sache willen gab ich dem einen gute Worte und schimpfte den anderen aus, oft lagen wir uns in den Haaren, vieles kam vor damals, was habe ich alles aushalten müssen. Und trotzdem verneige ich mich heut noch bis zum Erdboden vor den Leuten, weil sie zusammengehalten haben in jenen schweren Tagen, weil sie Menschen geblieben sind. Die Frauen von damals sind jetzt Greisinnen, die Kinder längst Familienväter und Mütter, sicherlich haben sie jene Zeit vergessen, ich aber muss jedes Mal, wenn ich sie sehe, daran denken, wie sie damals gewesen sind. Ausgehungert und armselig gekleidet, stehen sie vor meinen Augen. Doch wie haben sie gearbeitet im Kolchos, wie auf den Sieg gewartet, wie haben sie geweint und wie stets von neuem Mut gefasst! Sie wissen nicht, dass sie unsterbliche Taten vollbracht haben. Und wenn ich auch noch so viel habe aushalten müssen, wenn meine Schultern noch so krumm geworden sind, nie werde ich bereuen, dass ich damals Brigadier geworden bin. Bei Sonnenaufgang war ich bereits auf den Beinen, mein Arbeitstag begann auf dem Wirtschaftshof des Kolchos, dann saß ich den ganzen Tag im Sattel, bald ging es hierhin, bald dorthin, mal in die Steppe, dann wieder in die Berge, und abends saß ich bis in die späte Nacht in der Kolchosverwaltung – so wurde ich gar nicht gewahr, wie schnell die Tage vergingen. Vielleicht hat mich gerade das gerettet. Wenn sie auch manchmal aus Ärger und Gram auf mich schimpften, mir an die Kehle gingen und die Arbeit hinwarfen – ich trage es ihnen nicht nach. Nein, in solchen Fällen bürdete ich Dshainak und Aliman noch mehr Arbeit auf, ließ ich sie Tag und Nacht nicht zur Ruhe kommen, und ich bereue es nicht, dass ich sie mitleidlos umhergehetzt habe. Sonst hätten uns die beklemmenden Gedanken und die Angst erdrückt: Drei Männer aus einer Familie im Krieg – sollten wir uns da keine Gedanken machen? Von Kassym war schon den zweiten Monat keine Nachricht mehr gekommen. Aliman und ich wichen einander aus, um nicht von dem reden zu müssen, was uns ohnehin mit Angst erfüllte – vom Schweigen Kassyms. Wie Kinder bemühten wir uns, nicht daran zu rühren. Sprachen wir miteinander, so nur über die Arbeit oder die Hauswirtschaft.

An einem der Wintertage lief ich gleich frühmorgens in die Schmiede, um zu helfen. Unsere Arbeitspferde wurden neu beschlagen. Da sah ich, wie unser Vorsitzender Ussenbai im Galopp angeritten kam und ein handgroßes Blatt Papier schwenkte.

»Ein Telegramm für Sie«, sagte er.

Mir stockte der Atem. Ich hörte nur, wie die Hämmer auf den Amboss schlugen, als wärs auf meine Brust. Kreideweiß musste ich geworden sein.

»Aber Mutter Tolgonai!«, rief der Vorsitzende aus. »Das ist doch ein Telegramm von Masselbek aus Nowosibirsk. Kommen Sie, nehmen Sie es doch! Sie brauchen keine Angst zu haben!« Er beugte sich aus dem Sattel und gab mir das Blatt. »Fahren Sie sofort zur Bahnstation«, sagte er, »Ihr Sohn wird hier durchfahren, er möchte Sie sehen und bittet Sie, auf dem Bahnhof zu sein. Ich habe angeordnet, für Sie anzuspannen und Heu und Hafer für die Pferde mitzugeben. Sie dürfen keine Zeit verlieren, machen Sie sich zur Abfahrt bereit.«

Maßlose Freude bemächtigte sich meiner! Aufgeregt ging ich in der Schmiede auf und ab und wusste nicht was anfangen. Der Schmied jagte mich fort.

»Wir werden schon allein fertig, Brigadier«, sagte er, »fahr nur schnell zum Bahnhof, damit du nicht zu spät kommst.«

Ganz durcheinander, eilte ich nach Hause. Nur den einen Gedanken hatte ich: Masselbek bittet dich, zum Bahnhof zu kommen,

Masselbek will dich sehen. Ich hastete die Straße entlang, trotz des Frostes war mir heiß, der Schweiß brach mir aus.

Im Laufen sprach ich mit mir selbst, wie eine Irre: »Wieso, ›er bittet‹? Tausend Werst würde ich zu Fuß laufen, um zu dir zu kommen, mein Junge du, auf Flügeln würde ich zu dir eilen!«

Ach, törichte Mutter, ich ... Gar nicht bedacht hatte ich in diesem Augenblick, wohin denn mein Sohn eigentlich fuhr, in welche Richtung.

Zu Hause angelangt, machte ich schnell allerlei zu essen zurecht, ich kochte Fleisch, schließlich war Masselbek nicht allein, sondern mit seinen Kameraden zusammen, sollte er sie mit Hausmannskost bewirten. Ich verstaute alles in der ledernen Satteltasche, und noch am selben Tag fuhr ich mit Aliman zur Bahnstation. Zuerst wollte ich Dshainak mitnehmen, aber er lehnte ab.

»Nein, Mama«, sagte er, »soll Aliman lieber fahren, ich bleibe zu Hause und versorge die Wirtschaft. So ist es besser.«

Später sah ich ein, dass mein jüngster Sohn recht hatte. Obwohl noch ein Junge, war er nicht dumm. Er musste geahnt haben, wie es in Aliman aussah in diesen Tagen, wie sie sich grämte und litt. Dshainak lief selbst zum Heuhof, wo Aliman arbeitete, und sagte ihr Bescheid. Ich hatte meine Schwiegertochter schon lange nicht mehr so fröhlich gesehen. Sie lebte auf, strahlte übers ganze Gesicht, war geschäftiger als ich und mahnte mich zur Eile: »Schnell, Mama, mach dich fertig. Hier hast du deinen Pelz und dein wollenes Kopftuch, zieh dich rasch an, und los gehts!«

Auch unterwegs fand sie keine Ruhe.

»Fahr zu, fahr doch schneller!«, drängte sie den Kutscher. Von Zeit zu Zeit nahm sie ihm die Zügel aus der Hand trieb selbst die Pferde mit lauten Zurufen und Peitschenhieben an.

Leicht rollte der Wagen über den verharschten Schnee, munter trabten die Pferde dahin, leise ratterten die Räder. Es schneite – sacht und lustig. Ein leichter Frost herrschte. Aliman war ganz eingeschneit, sie wusste gar nicht, wie gut ihr das stand. Dichter Schnee lag auf ihrem wollenen Kopftuch, den darunter hervorlugenden Haarsträhnen und dem Kragen, wodurch ihre weizenbraune Haut mit dem frischen Wangenrot, ihre flinken, glänzenden, schwarzen Augen und die weißen Zähne noch schöner wirkten als sonst. Der Jugend steht alles zu Gesicht, sogar der Schnee. Aliman schwatzte den ganzen Weg über munter drauflos. Bald bat sie mich, Masselbek, wenn er aus dem Zug stiege, nicht zu sagen, dass sie mitgekommen war. Ob er sie erkennen würde? Dann wieder nahm sie sich vor, Masselbek von hinten die Augen zuzuhalten. Was er wohl sagen würde, sicherlich würde er einen Schreck bekommen und fragen, wer da so dumme Späße mit ihm treibe. Dabei wollte sie sich ausschütten vor Lachen über ihre eigenen Einfälle. Ach, Aliman, Aliman, du mein herziges Schwiegertöchterchen! Dachte sie denn wirklich, ich wüsste nicht, weshalb sie sich so benahm? Sie verriet sich ja selbst. Plötzlich verstummte sie, hörte auf zu lachen und murmelte leise: »Masselbek sieht Kassym sehr ähnlich. Sie sehen aus wie Zwillingsbrüder, nicht wahr?«

Ich tat so, als hätte ich nichts gehört. Eine Weile hing sie schweigend ihren Gedanken nach, dann nahm sie wiederum dem Jungen die Zügel aus der Hand und trieb die Pferde abermals mit lauten Zurufen an.

Gegen Abend erreichten wir die Bahnstation. Kaum hielt der Wagen, da rannten Aliman und ich auch schon zu den Gleisen, als müsste Masselbek in diesem Augenblick eintreffen. Nirgends eine Menschenseele. Wir blickten uns um und ließen den Kopf hängen, ganz verwaist standen wir da und wussten nicht, was wir tun, wo wir bleiben sollten. Der Wind fegte den Schnee über die Schwellen. Eine einsame Lokomotive kroch über die Schienen und schob mit Gequietsch und Gerassel vereiste, festgefrorene Waggons hin und her. In den Leitungsdrähten pfiff der Nordwind.

Wir hatten beide noch nie auf einen Zug gewartet und kamen deshalb gar nicht auf den Gedanken, zu fragen, wann der Zug eintreffen müsste. Plötzlich ertönte von fern der Pfiff einer Lokomotive, ein Zug nahte.

»Mama, er kommt!«, rief Aliman.

Mir fuhr der Schreck in die Glieder, die Knie begannen mir zu zittern. Schnell kam der Zug näher. Schon war die in Schneestaub gehüllte Lokomotive vorbei. Der Zug hielt. Wir stürzten die Wagen entlang. Sie waren zum Bersten voll mit Menschen. Frauen, Kinder, aber auch viele Soldaten. Wer weiß, wer sie waren und wohin sie fuhren. Wir blieben vor jedem Wagen stehen und fragten: »Ist hier Suwankulow, Masselbek? Sagen Sie bitte, ist hier Suwankulow, Masselbek?«

Die einen antworteten, sie wüssten es nicht, die anderen schwiegen, wieder andere lächelten. Während wir noch von Wagen zu Wagen liefen, setzte sich der Zug in Bewegung und fuhr davon. Wie sich herausstellte, hatten die Züge auf unserer Station nur drei Minuten Aufenthalt. Wir standen da, als hätten wir einen Vogel aus der Hand fliegen lassen. Da kam ein älterer russischer Eisenbahner in schwarzem Halbpelz und Filzstiefeln auf uns zu. Ich hatte gesehen, wie er aus dem Stationshäuschen herausgetreten war, als der Zug einlief. Er fragte uns, auf wen wir warteten. Wir erzählten ihm alles und gaben ihm Masselbeks Telegramm zu lesen. Er setzte die Brille auf, bewegte lange die Lippen und sagte dann: »Ihr Sohn fährt mit einem Militärzug. Aber mit welchem und wann er hier durchkommt, ist nicht gesagt. Wenn er keine Verspätung hat, müsste er heute Nacht oder morgen eintreffen. Vielleicht ist er aber auch schon vorbei. Jetzt fahren täglich so viele Militärzüge in beiden Richtungen hier durch, manche davon halten nicht mal.«

Nun ließen wir ganz und gar den Kopf hängen.

»Ja, ja, der Krieg«, seufzte der Eisenbahner. »Das Unterste hat er zuoberst gekehrt. Aber was stehen Sie denn hier im Freien? Gehen Sie doch ins Stationshäuschen, da ist ein kleiner Warteraum. Dort können Sie sich hinsetzen, und wenn Züge kommen, müssen Sie eben rausgehen und gucken. Weiter kann ich Ihnen auch nicht helfen.«

Im Warteraum waren etwa zehn Menschen. Sie lagen auf den Bänken herum. Das Leben hatte sie wohl schon viel herumgejagt, von Bahnhof zu Bahnhof, sicherlich waren sie es schon gewöhnt und fühlten sich hier wie zu Hause. Die einen schliefen seelenruhig, andere rauchten und unterhielten sich, in einer Ecke tranken zwei heißes Wasser aus Blechbechern, verbrannten sich dabei die Lippen und pusteten, einer klimperte sacht auf der Gitarre und sang leise vor sich hin. Die große Petroleumlampe mit dem verrußten, gesprungenen Zylinder flackerte und blakte. Nachdem wir uns umgesehen hatten in dem Halbdunkel, hockten auch wir uns auf eine Bankecke. Doch kaum hatten wir ein bisschen gesessen, da hörten wir den Pfiff einer Lokomotive und stürzten Hals über Kopf zur Tür. In der Dunkelheit zerrte der Wind an unseren Ärmeln und Röcken. Es war ein Güterzug, auf dem keine Soldaten zu sehen waren, trotzdem liefen wir von Waggon zu Waggon und riefen: »Ist hier Suwankulow, Masselbek? Suwankulow, Masselbek, ist er hier?«

Niemand antwortete, denn es war niemand da. Als wir in den Warteraum zurückkamen, schlief schon alles.

»Leg dich ein bisschen hin, Mama, und ruh dich aus, ich passe schon auf«, sagte Aliman.

Ich lehnte meinen Kopf an ihre Schulter und hoffte, ich könnte ein wenig schlafen, aber nein, daran war nicht zu denken! Und wie sollte ich auch schlafen, vernahm ich doch nicht nur mit dem Ohr, sondern mit dem Herzen das Nahen jedes Zuges, spürte ich doch, wenn der Zug noch ganz fern war, bereits das erste, kaum merkliche Beben des Bodens unter den Füßen und war sofort hellwach. Aus welcher Richtung die Züge auch immer kommen mochten, jedes Mal sprangen wir auf, ergriffen die Satteltasche und liefen zu den Gleisen.

Ein Militärzug nach dem anderen fuhr vorbei, aber in keinem von ihnen war Masselbek. Um Mitternacht erbebte wieder der Boden unter unseren Füßen, wieder fuhren wir hoch und rannten hinaus. Von beiden Enden der Schlucht tönte gleichzeitig ein lang anhaltendes Pfeifen zu uns herüber, von beiden Seiten kamen Züge. Völlig kopflos rannten wir hin und her und fanden uns schließlich zwischen den Gleisen wieder. Mit ohrenbetäubendem, immer stärker werdendem Pfeifen rollten die Züge heran und jagten, ohne anzuhalten, an uns vorbei. Die Schienen dröhnten, der Wind heulte, zog und zerrte an uns im wilden Wirbel des Schneegestöbers und hätte uns beinahe unter die Räder geschleudert.

»Mama!«, schrie Aliman, presste mich an einen Laternenpfahl und hielt mich fest.

Ich blickte angestrengt in die mit Windeseile vorbeisausenden Fenster: Wie, wenn ich plötzlich meinen Masselbek erblickte, wie, wenn mein Sohn dort drinsäße, und ich wüsste nichts davon? Unter den dahineilenden Rädern stöhnten die Schienen wie mein Herz, das sich um meinen Sohn ängstigte. Schneewolken hochwirbelnd, waren die Züge vorbeigebraust, wir aber standen noch lange eng aneinander geschmiegt neben dem Laternenpfahl.

Bis zum Morgengrauen kamen Aliman und ich nicht zum Sitzen, immer wieder rannten wir die Züge entlang. Kurz vor Sonnenaufgang, als der Schneesturm ein bisschen nachgelassen hatte, kam vom Westen ein Militärzug, wie wir bisher noch keinen gesehen hatten: Alle Wagen waren ausgebrannt, die Dächer abgerissen und die Türen herausgeschlagen. In dem ganzen Zug kein lebendiges Wesen. Grabesstille herrschte in den leeren Wagen. Es roch nach Rauch, verbranntem Eisen, verkohlten Brettern und Farbe.

Da nahte unser Eisenbahner im schwarzen Halbpelz mit einer Laterne.

Aliman fragte ihn flüsternd: »Was ist denn das für ein Zug?«

»Ein zerbombter«, flüsterte er.

»Und wo fährt er jetzt hin?«

»Zur Reparatur«, entgegnete der Eisenbahner ebenso leise.

Ich hörte dieses Gespräch mit an und gedachte derer, die in diesen Waggons gefahren waren, die unter Schreien, in Rauch und Flammen ihr Leben lassen mussten, denen es Arme und Beine weggerissen hatte, die für immer taub und blind geworden waren ... Dabei waren jene Bomben nur ein winziger Funke im gewaltigen Feuer des Krieges. Was aber war der Krieg denn selbst?

Lange hielt der zertrümmerte Militärzug auf dem Bahnhof, dann setzte er sich langsam in Bewegung und rollte, traurig polternd, davon. Ich sah ihm mit tiefem Gram im Herzen nach: Dorthin, wo der zerbombte Zug herkam, fuhr auch Masselbek. Und was war mit Kassym? Was mit Suwankul? Er hatte geschrieben, dass sie irgendwo bei Rjasan lägen. Das war doch gewiss nicht weit von der Front ...

Der Morgen brach an. Es war Zeit, nach Hause zu fahren, die Pferde hatten kein Heu mehr. Wenn aber Masselbek noch nicht durch war, was dann? Wie schmerzlich wäre das, wo wir so lange gewartet hatten. Aliman und ich überlegten hin und her, fassten bald den einen, bald den anderen Entschluss, wagten aber nicht wegzufahren.

Das Wetter war wie am Vortage kalt und windig. Nicht umsonst wurde die Schlucht, in der der Bahnhof lag, Karawanserei der Winde genannt. Auf einmal verzogen sich die Wolken, und die liebe Sonne kam hervor. Ach, dachte ich, wenn doch mein Sohn plötzlich so auftauchen würde wie die liebe Sonne in der Wolkenlücke, wenn ich ihn nur einmal sehen könnte.

Da hörte ich aus der Ferne das Geräusch eines nahenden Zuges. Er kam von Osten. Ein mächtiges zweimaliges Pfeifen der Lokomotive schallte durch die Schlucht.

Die Erde erbebte unter unseren Füßen, die Schienen dröhnten. Donnernd und fauchend rasten zwei Feuer speiende schwarze Lokomotiven an uns vorüber, hinter ihnen auf offenen Güterwagen mit Planen überdeckte Panzer und Kanonen, daneben Wachtposten in Pelzen mit Gewehr über der Schulter, aus den halb geöffneten Türen der nachfolgenden Güterwagen blickten Soldaten, Waggon auf Waggon sauste vorüber, Gesichter, Uniformmäntel, Lied- und Wortfetzen flogen an uns vorbei. Wir waren nur noch Auge. Indes kam ein Mann mit roten und gelben Fähnchen in der Hand angelaufen und schrie uns ins Ohr: »Er hält hier nicht! Er hält nicht! Zurück! Zurück von den Gleisen!« Damit drängte er uns zurück.

In diesem Augenblick ertönte ein Schrei neben uns: »Mama-a-a! Alima-a-an!«

Er wars! Masselbek! Ach, du mein Gott! Ganz dicht sauste er an uns vorbei. Er beugte sich weit aus dem Waggon, klammerte sich mit der einen Hand an der Tür fest, in der anderen hielt er die Mütze, winkte uns zu und schrie etwas, nahm Abschied von uns. Ich weiß nur noch, wie ich seinen Namen rief, und in diesem Augenblick sah ich ihn klar und deutlich: die Haare vom Wind zerzaust, die Mantelschöße wie Flügel flatternd und in seinem Gesicht, in seinen Augen Freude und Kummer, Bedauern und Abschiednehmen! Ich lief neben dem Zug her, ohne die Augen von ihm zu lassen. Der letzte Waggon raste vorbei, ich lief weiter über die Schwellen, dann stürzte ich hin. Ach, was hab ich gestöhnt und geschrien! Mein Sohn fuhr aufs Schlachtfeld, ich aber nahm Abschied von ihm, die kalten, eisernen Schienen umarmend. Das Rattern der Räder entfernte sich immer mehr, bis es verstummte.

Auch jetzt ist mir noch manchmal, als sause dieser Militärzug durch meinen Kopf, dann klingt mir das Rädergeratter lange in den Ohren.

Aufgelöst in Tränen, kam Aliman angelaufen, hockte sich neben mich nieder, wollte mich aufheben und konnte nicht vor Schluchzen, die Hände zitterten ihr. Die Weichenstellerin, eine Russin, kam auf uns zu. »Mama! Mama!«, weinend umarmte sie mich. Zu zweit führten sie mich von den Gleisen. Am Stationshäuschen gab mir Aliman eine Soldatenmütze.

»Nimm, Mama«, sagte sie, »sie ist von Masselbek.«

Er hatte mir seine Mütze zugeworfen, während ich neben dem Güterwagen hergelaufen war. Mit dieser Mütze in den Händen fuhr ich nach Hause; ich saß auf dem Wagen und presste sie an meine Brust.

Sie hängt auch jetzt noch an der Wand. Eine gewöhnliche graue Soldatenmütze mit einem roten Stern. Manchmal nehme ich sie in die Hände, berge mein Gesicht darin und spüre den Geruch meines Sohnes.

»Sag mir, liebe Erde, wann, in welchen Zeiten musste je eine Mutter so leiden, sich so quälen, um nur ein einziges Mal für einen winzigen Augenblick ihren Sohn zu sehen?«

»Ich weiß es nicht, Tolgonai. So einen Krieg wie zu deiner Zeit hat die Welt noch nicht gekannt.«

»So will ich die letzte Mutter sein, die so ihren Sohn erwarten musste. Bewahre uns Gott, dass je wieder ein Mensch eiserne Schienen umarmt und sich den Kopf an Bahnschwellen wund schlägt!«

»Als du heimkehrtest, war dir schon von Weitem anzusehen, dass du deinen Sohn nicht hattest umarmen können. Ganz gelb warst du im Gesicht und hattest zerquälte, eingefallene Augen, wie nach einer langen Krankheit.«

»Besser wärs gewesen, ich hätte wirklich einen Monat lang im Fieber gelegen.«

»Meine arme Tolgonai. Jenes Jahr brachte dir die ersten grauen Strähnen. Und was hattest du früher für dicke, schwere, schwarze Zöpfe. Schweigsam wurdest du und hart. Schweigend kamst du hierher, und schweigend gingst du wieder, mit zusammengebissenen Zähnen. Aber ich wusste es, ich sah es an deinen Augen, von Mal zu Mal war dir schwerer ums Herz.«

»Ja, Mutter Erde, gegen seinen Willen wird man so. Wäre es nur mir so ergangen, aber es gab ja keine Familie mehr, die der Krieg nicht bei der Gurgel gepackt hätte. Und wenn die schwarzen Schreiben – die Todesnachrichten – kamen, wenn an einem Tag gleich in zwei, drei Häusern des Ails Klagen und Verwünschungen ausgestoßen wurden, dann fing mir das Blut an zu kochen, Verlangen nach Vergeltung verdunkelte mir die Augen und brannte mir im Herzen. Ich bin stolz darauf, dass ich gerade in jenen Tagen Brigadier war, mein eigenes und fremdes Leid trug, alle Unbill, Hunger und Kälte mit dem Volk teilte. Deshalb hielt ich auch stand, für die anderen hielt ich stand, sonst hätte es mich umgeworfen, hätte der Krieg mich zu Staub zerstampft. Damals begriff ich, nur auf eine Weise ist der Krieg zu bezwingen: kämpfen, kämpfen und siegen. Sonst – der Tod! Das ist es, mein liebes Feld, weshalb ich immer zu Pferd hierhergekommen bin und dich nicht gestört habe, dich nur schweigend begrüßt habe und still wieder umgekehrt bin.«

Es kam der Tag, da ein Brief von Kassym eintraf. Ich schwang mich aufs Pferd und galoppierte querfeldein durch Aryks und Schneewehen. Aliman und Dshainak streuten Dung. Schon von Weitem schrie ich ihnen zu: »Sujuntschu, Sujuntschu!«

Ich konnte ihnen die freudige Nachricht nicht schnell genug überbringen, hatten wir doch schon zwei Monate keine Zeile mehr von Kassym bekommen und wussten nicht, was mit ihm los war.

Im Brief schrieb er, zweimal sei er bei der Verteidigung Moskaus eingesetzt gewesen und beide Male mit heiler Haut davongekommen. Er schrieb, sie hätten die Deutschen zum Stehen gebracht, hätten ihre Stoßkraft gebrochen und sein Regiment läge jetzt in Ruhestellung.

Wie glücklich war Aliman! Sie sprang vom Wagen, rannte mit Dshainak um die Wette und überholte ihn.

»Mama, Honig auf deine Lippen!« Mit zitternden Händen ergriff sie den Brief und war so außer sich vor Freude, dass sie gar nicht lesen konnte. Sie wiederholte nur unaufhörlich: »Er lebt! Lebt und ist gesund!«

Inzwischen waren auch die anderen Frauen herbeigeeilt und umringten sie.

»Lies vor, Aliman, was schreibt dein Mann? Schreibt er was von unseren?«

Und sie: »Gleich, meine Lieben, gleich!« Dabei konnte sie keine Zeile zusammenbringen.

Dshainak hielt es nicht mehr aus. »Gib mal her, ich will ihn vorlesen.« Er nahm den Brief und las ihn laut vor.

Aliman hockte sich hin, nahm ganze Hände voll Schnee und kühlte sich die Stirn. Als Dshainak fertig war mit Lesen, stand sie auf und vergaß sogar, sich das Gesicht abzutrocknen, mit vor Freude geröteten Wangen stand sie da, Rinnsale tauenden Schnees liefen ihr übers Gesicht.

»So, nun wollen wir weiterarbeiten!«, sagte sie leise und ging langsam durch den Schnee.

Sie ging und blickte still umher. Woran mochte sie denken zu dieser Stunde, wer konnte es wissen; vielleicht daran, wie sie im Sommer mit dem Krug in der Hand über das Stoppelfeld zu ihrem Mann gelaufen war. Vielleicht auch daran, wie Kassym hier Abschied genommen hatte von seinem Mähdrescher. Mir schien, dass Aliman noch einmal all das durchlebte, was ihr lieb und teuer war und was sich ihr tief ins Gedächtnis geprägt hatte. Bisweilen erhellte ein Lächeln ihre Augen, dann erloschen sie wieder. Lange blickte sie zur Landstraße hinüber, gewiss erinnerte sie sich daran, wie der rehbraune Zelter dort mit hallendem Hufschlag davongesprengt und wie sie hinter Kassym dreingelaufen war.

Dshainak ging neben ihr her und ärgerte sie, ließ sie nicht in Ruhe.

»Komm doch wieder zu dir. Der ganze Ail lacht ja über dich. Nicht mal den Brief konnte sie vorlesen! Ach du … Ich schreibe Kassym, ich hätte seine Frau noch mal zur Schule geschickt, in die erste Klasse, das Abc lernen!«

Aliman trommelte mit den Fäusten auf ihn ein, sie tollten über den Acker, einer jagte hinter dem andern her.

Nachdenklich kehrte ich um. Gewiss, wer sollte das Volk verteidigen, wenn nicht solche Dshigiten wie meine Söhne! Wenn sie nur am Leben blieben und als Sieger zurückkehrten. Alles andere würden wir überstehen und ertragen, mochte es uns auch noch so elend gehen, wenn wir nur den Sieg erlebten. Ach, wenn er doch bald, recht bald käme, der Sieg! Und weil das nicht nur mein Wunsch war, sondern Traum und Ziel des ganzen Volkes, scheute ich vor nichts zurück um seinetwillen, war ich zu allem bereit.

Selbst als mein jüngster und letzter Sohn, Dshainak, an die Front ging, er war noch nicht achtzehn, biss ich die Zähne zusammen und ertrug es, ohne zu klagen.

Gegen Ende des Winters wurde er immer öfter ins Kriegskommissariat beordert. Freilich nicht er allein, sondern viele junge Burschen, sie erhielten dort ihre militärische Ausbildung. Nun, das war nichts Besonderes, und ich machte mir weiter keine großen Sorgen. Jedes Mal wurde etwa zehn Tage mit ihnen herumexerziert, dann entließ man sie wieder nach Hause. Einmal jedoch kam er sehr schnell zurück, schon am nächsten Tag.

»Wieso haben sie dich so schnell wieder entlassen?«, fragte ich verwundert. »Oder haben sie dich ganz freigestellt?«

»Nein, Mama«, antwortete Dshainak, »morgen muss ich wieder hin. Sie haben mich für einen Tag nach Hause geschickt. Diesmal behalten sie uns länger da, mach dir also keine Sorgen.«

Ich glaubte ihm auch, ohne zu ahnen, was los war, obwohl er sich ganz seltsam benahm an diesem Tag, als bereite er sich auf einen weiten Weg vor. Den ganzen Morgen lief er mit Hammer und Nägeln umher, nagelte hier etwas an und machte dort etwas fest. Dann sah ich, wie er einen ganzen Haufen Holz hackte, den Mist vom Hof karrte, das Heu auf dem Scheunendach wendete, damit es trocknete. Als ich abends von der Arbeit kam, hatte er den Hof gefegt und die zerfallene Pferdekrippe wieder in Ordnung gebracht. Als der Vater noch zu Hause war, war sie gebraucht worden, er hielt sein Pferd immer gern bei sich auf dem Hof.

»Wozu plagst du dich jetzt mit der Pferdekrippe ab, Junge«, sagte ich zu ihm, »du hast doch noch den ganzen Sommer über Zeit, sie zu reparieren.«

Er antwortete, er müsse es rechtzeitig tun, später habe er keine Gelegenheit mehr dazu. Selbst da wurde ich noch nicht stutzig. Freiwillig ging er an die Front, im Komsomolaufgebot. Wir erfuhren es erst, als er bereits unterwegs war. Auf dem Bahnhof hatte er seinem Kameraden einen Brief mitgegeben. Ach, du mein Nichtsnutz, du mein armer Junge, wenn du auch einen Brief geschrieben hast, war es vielleicht recht von dir, wegzugehen, ohne Abschied zu nehmen? Und hätte ich drum auch den Verstand verloren, du hättest es sagen müssen. In dem Brief bat er Aliman und mich um Verzeihung, dass er gegangen war, ohne etwas zu sagen. So wäre es leichter gewesen, meinte er. »Ich wollte«, schrieb er, »dass Ihr euch nicht vorzeitig grämen, dass Ihr meine Entscheidung als unverrückbaren Entschluss aufnehmen, euch mit ihr abfinden und mir zustimmen solltet.«

Wer weiß, vielleicht hatte er recht. Natürlich wäre es ihm schwer gefallen, es mir ins Gesicht zu sagen, vielleicht hatte er auch Angst, dass ich weinen, ihn bitten, ihn zurückhalten würde.

Selbst jetzt noch, da ich ihn schon lange verloren habe und so viele Jahre vergangen sind, spreche ich mit ihm, wie ich auch mit der Erde spreche.

Dshainak, hör mich an! Du brauchst dir keine Vorwürfe zu machen, ich bin dir nicht gram. Ich habe dir schon damals verziehen, Dshainak, du mein Jüngster, mein Füllen, mein Übermut! Denkst du denn, ich habe nicht verstanden, weshalb du gegangen bist, ohne Abschied zu nehmen, weshalb du mich allein gelassen hast, weshalb du deine Jugend, dein ganzes zukünftiges Leben hingegeben hast? Keck und ausgelassen warst du, und längst nicht alle wussten, wie sehr du die Menschen liebtest. Du konntest unser Elend nicht länger mit ansehen und gingst. Du wünschtest so sehr, dass die Menschen Menschen blieben, dass der Krieg sie nicht seelisch verkrüppelte und nicht ihre Güte und ihr Mitgefühl zerstörte. Und du tatest alles dafür. Nur die guten Taten haben Bestand, leben weiter, alles andere stirbt. Auch deine gute Tat lebt, während du längst verschollen bist. Du schriebst, du seist bei den Fallschirmspringern und seist bereits dreimal im Hinterland des Feindes gewesen. Und dann, in einer finsteren Nacht des Jahres vierundvierzig, bist du, um den Partisanen zu helfen, zusammen mit deinen Kameraden aus einem Flugzeug abgesprungen und bist verschollen. Ob du im Kampf gefallen bist oder ob eine zufällige Kugel dich ereilt hat, ob du in Gefangenschaft geraten oder im Sumpf umgekommen bist – niemand weiß es. Aber wenn du noch lebtest, so hätte uns in all diesen Jahren zumindest ein Lebenszeichen von dir erreicht. Ja, Dshainak, du bist also nicht mehr. Blutjung warst du, als du fortgegangen bist, erst achtzehn Jahre, und hast dich den Menschen nicht sehr tief ins Gedächtnis geprägt. Doch ich denke an dich und sehe dich vor mir, wie du an die Front gegangen bist und nicht gewagt hast, es mir zu sagen, weil du mich lieb hattest und ich dir leid tat. Ich erinnere mich daran, wie du einmal auf dem Bahnhof einem Jungen deinen Halbpelz geschenkt hast. Du hattest eine evakuierte Familie gesehen, eine Mutter mit vier Kindern, und hattest dem ältesten Jungen, der nichts Warmes anhatte, deinen Halbpelz gegeben, während du selbst nur mit einer dünnen Jacke bekleidet und vor Kälte zitternd nach Hause kamst. Vielleicht denkt auch er, der heute schon ein Mann ist, manchmal an dich, erinnert er sich des jungen Burschen, denn jetzt bist du ja viel jünger als er. Doch du bist sein Lehrer gewesen. Güte liegt nicht auf dem Weg, man liest sie nicht zufällig auf. Güte lernt ein Mensch vom anderen.

Ach, wozu davon sprechen, Worte ändern da nichts. Wie viele Menschen hat der Krieg umgebracht. Wäre er nicht gewesen, was für ein schöner, seelenvoller Mensch wäre mein Dshainak heute.

Es tut mir weh, mein Sohn, dass du keine einzige der zwölf Blüten des Lebens pflücken konntest. Du hattest gerade erst begonnen zu leben, und ich weiß nicht einmal, welches Mädchen du geliebt hast …

Die letzte Kerze brennt in meiner Seele. Bald wird auch sie verlöschen. Doch erinnere ich mich an alles, auch an jenen unglückseligen Tag, als der alte Mann zu mir aufs Feld kam.

Es war Vorfrühling. Die Schneeglöckchen blühten noch, wir hatten gerade mit dem Pflügen begonnen. Aus der Gelben Ebene wehte ein warmer Wind herüber, der Herbstacker trocknete, in der Sonne zeigte das Gras sein erstes frisches Grün.

Langsam ritt ich hinter dem Traktor her, atmete den Erdgeruch der Furchen und dachte daran, dass von Suwankul und Kassym schon lange keine Nachricht mehr gekommen war. Indes kam einer unserer Alten angeritten, in keiner sehr dringenden Angelegenheit, wie es schien.

Ich sagte zu ihm: »Sie kommen gerade zur rechten Zeit, Aksakal, geben Sie uns Ihren Segen zum guten Beginn des Pflügens.«

Er strich sich den Bart, hob die Arme und murmelte: »Möge Dyjkan-baba, der Beschützer der Ackerbauern, hier verweilen, möge die Ernte reichlich sein, wie das Hochwasser im Fluss.« Dann sagte er zu mir: »Ein Vorgesetzter aus dem Kreis möchte dich sprechen, Tolgonai. Du sollst in die Verwaltung kommen. Ich bin hier, um dich zu holen.«

»Ist recht, Aksakal, ich komme gleich.«

Den Pflügern sagte ich, dass ich am Abend wiederkommen und ihre Arbeit überprüfen würde, dann machten wir uns auf den Weg zum Ail. Ohne Eile ritten wir dahin, unterhielten uns über dies und jenes, über unser Leben, und der Alte flocht im Laufe des Gesprächs vorsichtig ein: »Hab Dank, Tolgonai, dass du in dieser bitteren Zeit zu Pferd dem Volke dienst. Obwohl du eine Frau bist, gehst du uns allen voran. Halt dich auch fürder so, Tolgonai, halt dich fest im Sattel. Wenn etwas ist, denk dran, wir alle sind dir Halt und Stütze, so wie du uns. Gewiss, dir fällt es auch nicht leicht, wir wissen es. Das menschliche Leben gleicht einem Bergpfad: Mal gehts aufwärts, mal abwärts, dann wieder gähnt jäh ein Abgrund. Für den Einzelnen ist er oft nicht zu bezwingen, doch alle gemeinsam schaffen es ... So ist es nun mal in unserem nichtigen Leben ...«

Wir waren schon auf der Dorfstraße, als ich den Menschenauflauf vor unserem Haus bemerkte. Aus irgendeinem Grunde maß ich dem aber keine Bedeutung bei. Da nahm der Alte plötzlich mein Pferd beim Zaum und sagte, ohne mich anzusehen: »Steig ab, Tolgonai, du musst jetzt zu Fuß gehen.«

Ich starrte ihn erstaunt an. Er saß ab, bot mir die Hand und wiederholte: »Du musst jetzt absteigen, Tolgonai.«

Ich begriff noch immer nicht, was los war, doch eine schreckliche Ahnung überkam mich, langsam, mehr tot als lebendig, stieg ich vom Pferd und sah Aliman, die zusammen mit drei Frauen auf unser Haus zuging. Sie hatten an diesem Tag die Aryks gereinigt. Aliman trug den Ketmen über der Schulter. Eine der Frauen nahm ihn ihr ab. Da begriff ich mit einem Mal alles.

»Was wollt ihr? Was ist passiert?«, schrie ich, dass es über die ganze Straße gellte.

Auf meinen Aufschrei kamen einige Frauen aus dem Hof unserer Nachbarin Aischa. Schweigend eilten sie auf mich zu, hielten mich fest und sagten: »Fasse dich Tolgonai, wir haben unsere Falken verloren. Suwankul und Kassym sind gefallen.«

In diesem Augenblick hörte ich, wie Aliman aufschrie, wie alle laut zu klagen anfingen: »Mein Gott – unsere Brüder! Mein Gott!«

Weiter hörte ich schon nichts mehr, ich wurde auf einmal ganz taub. Wahrscheinlich war ich von meinem eigenen Schrei taub geworden. Die Straße wankte, mir war, als fielen die Bäume um und stürzten die Häuser ein. In der unheimlichen Stille wechselten vor meinen Augen die Wolken am Himmel, vor mir erschienen entstellte, stumme Gesichter. Ich wollte mich losreißen, versuchte, die Arme frei zu bekommen, die von irgendwelchen fremden Händen umklammert wurden. Ich begriff nicht, wer mich da festhielt, was für Menschen da vor dem Haus standen. Ich sah nur Aliman. Sah sie erbarmungslos deutlich. Sie war furchtbar anzuschauen mit dem blutig zerkratzten Gesicht, dem zerrauften Haar und dem zerrissenen Kleid. Die Frauen hatten ihr die Arme auf den Rücken gedreht und hielten sie so fest, sie aber strebte mit aller Kraft zu mir, dabei schrie sie so laut, dass ich nichts hörte. Auch ich strebte zu ihr, nur beseelt von dem einen Wunsch, bei ihr zu sein, ihr zu helfen. Aber es verging, wie mir schien, eine Ewigkeit, bis wir endlich zueinander gelangten. Und erst da, als mir Aliman um den Hals fiel, vernahm ich ihr herzzerreißendes, heiseres Schreien: »Mama, Witwen sind wir! Unglückliche Witwen! Unsere Sonne ist erloschen. Ein schwarzer Tag! Mama! Ein schwarzer Tag!«

Ja, wir waren Witwen. Zwei Witwen – Schwiegermutter und Schwiegertochter –, beklagten wir unser Schicksal, einander umarmend und brennende Tränen vergießend.

Doch sie ließen uns nicht lange klagen. Am siebten Tag kamen die Kolchosbauern, um noch einmal das Andenken der Gefallenen zu ehren, und sagten zu uns: »Ein ganzes Trauerjahr, auch das wäre wenig. Wir werden ihrer stets gedenken, doch der Lebende soll leben. Was sie nicht mehr erleben konnten, mögen Masselbek und Dshainak erleben.« – Von Dshainak bekamen wir damals noch fast jede Woche Post. – »Mögen sie als Sieger heimkehren. Euch aber gestatten wir, zur Arbeit zu gehen. Es ist die Zeit der Aussaat, und die Erde wartet nicht. Nehmt euer Herz fest in die Hand. Seid mit uns. Das sei unsere Rache am Feind.«

Aliman und ich berieten uns und stimmten ihnen zu.

Am nächsten Morgen, als wir gerade zur Arbeit gehen wollten, brachte uns der Vorsitzende Ussenbai zwei kleine Schreiben. »Das sind die Todesanzeigen«, sagte er, »bewahrt sie gut auf.« Dabei stellte sich heraus, dass Kassyms Todesanzeige schon vor einem halben Monat im Kolchos eingegangen war. Er war bei der Gegenoffensive vor Moskau gefallen, im Dorf Orechowka. Noch ehe sie sich im Kolchos dazu entschließen konnten, uns die traurige Nachricht zu überbringen, traf die Mitteilung ein, dass auch Suwankul gefallen sei. Er war ebenfalls bei der großen Gegenoffensive ums Leben gekommen, südlich von Jelez hatte er den Tod gefunden. Den Ailbewohnern blieb nichts anderes übrig, als uns die Wahrheit zu sagen. Sie mussten uns an einem Tag zwei Todesnachrichten bringen. Ja, weiter gibts nicht viel darüber zu reden. Wieder gürtete ich mich, wieder bestieg ich das Pferd des Brigadiers.

Hätte ich geklagt, mein Schicksal verflucht und die Hände in den Schoß gelegt, was wäre aus Aliman geworden? Sie grämte sich so sehr, dass mir himmelangst wurde. Kein geringerer Schmerz hatte mich getroffen, ich hatte Mann und Sohn auf einmal verloren, einen doppelten Verlust erlitten, und trotzdem war meine Lage anders als ihre. Mochte es kurz oder lang gewesen sein, Suwankul und ich hatten ein ausgefülltes Leben hinter uns. Vieles hatten wir gesehen, vieles erlebt, schwere und glückliche Stunden hatte es gegeben. Kinder hatten wir gehabt, eine Familie, hatten gemeinsam gearbeitet. Wäre nicht der Krieg dazwischengekommen, wären wir bis ans Lebensende zusammen gewesen. Und was hatten Aliman und Kassym kennengelernt? Ihr ganzes Leben hatte noch in der Zukunft, in ihren Träumen gelegen. In der Blüte ihrer Jugend hatte der Krieg es zerbrochen. Gewiss, mit der Zeit wären auch Alimans Herzwunden verheilt, hätte auch sie einen Menschen gefunden, ihn vielleicht sogar lieb gewonnen, und mit neuen Hoffnungen wäre das Leben zu ihr zurückgekehrt. Bei den anderen Soldatenwitwen war es so. Nach dem Krieg heirateten sie wieder. Manche trafen es gut, andere weniger gut, aber sie blieben nicht allein, heute sind sie alle Ehefrauen und Mütter. Viele von ihnen haben ihr Glück gefunden. Doch die Menschen sind verschieden. Einige vergessen ihr Leid schnell und beginnen rasch einen neuen Lebensweg, andere aber treten qualvoll, verzweifelt auf der Stelle, unfähig, über das Vergangene hinwegzukommen. Zu ihrem Unglück gehörte zu den Letzteren auch Aliman. Sie konnte das Gewesene nicht vergessen, konnte sich nicht mit ihrem Schicksal abfinden. Hier liegt auch meine unverzeihliche Schuld. Ich war zu schwach, habe mein Mitleid nicht bezwingen können …

Im Frühjahr hob unsere Brigade Aryks aus. Ich war ebenfalls dort. Eines Tages waren wir früher fertig als sonst, und die Leute gingen bereits vor Sonnenuntergang nach Hause. Ich musste noch zu den Pflügern und bat Aliman, nicht auf mich zu warten. Das Zelt der Pflüger war nicht weit entfernt. Sie saßen gerade beim

Abendbrot. Ich besprach alles Notwendige mit ihnen und wollte mich gerade aufs Pferd schwingen, als ich Aliman sah. Sie war also doch nicht nach Hause gegangen. Allein geblieben, ging sie über die Wiese und pflückte Tulpen. Sie liebte doch Blumen wie ein kleines Mädchen. Ach, Aliman, Aliman, mein unglückliches Schwiegertöchterchen! Sie mochte etwa ein Dutzend prächtige Tulpen in der Hand haben, wahrscheinlich wollte sie den Strauß mit nach Hause nehmen. Als ich sie so mit den Blumen sah, trat mir der Schweiß auf die Stirn. Damals bei der Mahd, als sie am Feldrand die wilden Malven gepflückt hatte, hatte sie ebenso dagestanden. Nur hatte sie damals ein rotes Kopftuch getragen und weiße und rosa Blumen im Arm gehabt, jetzt war das Kopftuch schwarz, und die Blumen waren rot. Das war der einzige Unterschied. Doch wie schnitt er mir ins Herz!

Aliman blickte auf und sah sich um, dann ließ sie erneut den Kopf hängen und starrte trübsinnig auf die Blumen, als wollte sie sagen: Was soll ich mit ihnen, für wen? Plötzlich kam Bewegung in sie, sie warf sich nieder, riss die Tulpenblüten in Fetzen und peitschte mit den Stängeln die Erde, dann wurde sie still, barg ihr Gesicht in den Händen und blieb so liegen, mit zuckenden Schultern. Ich hielt mich hinter dem Zelt verborgen, ich wollte sie nicht stören. Mag sie sich ausweinen, dachte ich, vielleicht wird ihr leichter davon. Mit einem Mal sprang sie auf und rannte über die Wiese zur Landstraße. Ich erschrak, schwang mich in den Sattel und jagte ihr nach. Ich konnte nicht mit ansehen, wie meine Schwiegertochter davonlief, wie sie mit schwarzem Kopftuch über die rote Wiese hastete.

»Aliman! Warte! Was hast du? Bleib stehn!«, rief ich, sie aber rannte weiter. Sie lief bis zur Landstraße, wo einst der rehbraune Zelter davongetrabt war, dort holte ich sie ein.

»Sag mir nichts, Mama! Nichts sagen, Mama! Ich bitte dich!«

Ich zog die Zügel an, sie kam herbei, hielt sich an der Mähne des Pferdes fest, presste den Kopf an mein Bein und brach in Tränen aus. Ich schwieg. Was hätte ich sagen sollen? Dann hob sie den Kopf, wandte mir ihr lehmverschmiertes, verweintes Gesicht zu und sagte schluchzend: »Sieh nur, Mama, wie die Sonne strahlt, sieh nur, was für ein Himmel und dazu die blumenübersäte Steppe! Und Kassym kommt nie wieder, nie? Niemals?«

»Nein, er kommt nicht wieder«, antwortete ich.

Aliman seufzte schwer.

»Verzeih, Mama«, sagte sie leise. »Ich wollte fortlaufen und sterben wie er.«

Ich konnte nicht mehr, fing selbst an zu weinen und sagte kein Wort. Wäre ich eine weise, eine weit vorausblickende Mutter gewesen, hätte ich hart zu ihr sein und sagen müssen: Was soll das? Du bist doch kein kleines Kind. Es geht dir nicht allein so, wie viele sind verwitwet, die ebenso jung sind wie du, sie sind gar nicht zu zählen. Du musst es durchstehen. So ungeheuerlich das auch für dich klingen mag – vergiss Kassym. Was vorbei ist, ist vorbei. Eines Tages wirst du einen Mann finden, der dir gefällt. Du musst darüber hinwegkommen. Du darfst dich nicht so grämen, du bist noch jung und musst leben.

Wie bereue ich jetzt, dass ich nicht gewagt habe, ihr diese bittere, diese einzige Wahrheit zu sagen. Auch später hat es viele günstige Gelegenheiten gegeben, wo mir diese Worte auf der Zunge lagen, wo ich mich jedoch nicht entschließen konnte, sie auszusprechen. Eine unüberwindbare Kraft hielt mich davor zurück. Und Aliman wollte mich ja auch gar nicht anhören. Jedes Wort hat seine Zeit, da es sich zum Schmieden eignet wie glühendes Eisen, ist jedoch der rechte Augenblick verpasst, so erkaltet es, erstarrt und lastet als schwere Bürde auf der Seele, und es ist nicht leicht, sich davon zu befreien. Das sage ich jetzt, nach so vielen Jahren, aber damals, im Alltagsgetriebe, mit all den Sorgen und Nöten im Kolchos, blieb keine Muße zum Nachdenken, zum gründlichen Überlegen. Alle unsere Erwartungen, alle unsere Gedanken waren nur auf eines gerichtet: so schnell wie möglich den Sieg erringen, so schnell wie möglich den Krieg beenden. Alles andere, meinten wir, hätte Zeit und käme, wäre nur der Krieg erst zu Ende, ganz von selbst wieder ins Lot. Doch die Wirklichkeit war anders ...

»Warum, Mutter Erde, stürzen nicht die Berge ein, warum treten nicht die Seen über die Ufer, wenn solche Menschen fallen wie Suwankul und Kassym? Beide, Vater und Sohn, waren tüchtige Ackerbauern. Seit Urgedenken lebt die Welt durch solche Männer, von ihnen wird sie ernährt, von ihnen im Krieg verteidigt, sie werden als erste Soldat. Wäre der Krieg nicht gewesen, was hätten Suwankul und Kassym noch alles vollbringen können, wie viele Menschen hätten sie mit den Früchten ihrer Arbeit beschenken, wie viele Felder bestellen und wie viel Korn ausdreschen können. Und sie selbst, hundertfach belohnt mit den Früchten der Arbeit anderer, wie viel Schönes hätten sie noch erleben können. Sag mir, Mutter Erde, sag mir die Wahrheit: Können die Menschen leben ohne Krieg?«

»Eine schwierige Frage hast du mir da gestellt, Tolgonai. Es gab Völker, die durch Kriege ausgerottet wurden, es gab Städte, die in Schutt und Asche fielen, und es gab Jahrhunderte, da ich davon träumte, eine menschliche Spur zu finden. Und jedes Mal, wenn die Menschen wieder einen Krieg anzettelten, rief ich ihnen zu: ›Haltet ein, lasst das Blutvergießen!‹ Und auch jetzt wiederhole ich: ›Ihr Menschen hinter den Bergen und Meeren! Ihr Menschen auf der ganzen Welt, was fehlt euch – Land? Hier bin ich – das Land, die Erde! Ich bin für euch alle dieselbe, und für mich seid ihr alle gleich. Nicht euren Hader brauche ich, sondern eure Freundschaft, eure Arbeit! Werft ein einziges Korn in die Furche, und ich gebe euch hundert Körner dafür zurück. Steckt ein winziges Reis in den Boden, und ich ziehe euch eine Platane groß. Legt einen Garten an, und ich überschütte euch mit Früchten. Züchtet Vieh, und ich werde Gras sein. Baut Häuser, und ich werde Mauer sein. Pflanzt euch fort, vermehrt euch, und ich werde euch allen eine herrliche Heimstatt sein. Ich bin unendlich, ich bin grenzenlos, ich bin tief, und ich bin hoch, ich habe Platz für euch alle!‹ Und da fragst du noch, Tolgonai, ob die Menschen ohne Krieg leben können. Das hängt nicht von mir ab, das hängt von euch Menschen ab, von eurem Willen und eurem Verstand.«

»Bedenke doch, teure Erde, gerade deine besten Arbeiter, deine geschicktesten Meister mordet der Krieg. Ich bin damit nicht einverstanden, mein ganzes Leben bin ich nicht einverstanden damit! Die Menschen können und müssen dem Krieg Einhalt gebieten.«

»Denkst du denn, Tolgonai, ich leide nicht unter den Kriegen? Doch! Ich leide sehr. Ich sehne mich nach den Händen der Bauern, ewig beweine ich meine Kinder, die Ackersleute, immer werden mir Suwankul, Kassym und alle gefallenen Soldaten fehlen. Wenn ich ungepflügt bleibe, das Getreide ungemäht und ungedroschen bleibt, rufe ich sie: ›Wo seid ihr, meine Pflüger, wo seid ihr, meine Säer? Steht auf, meine Kinder, meine Ackersmänner, kommt und helft mir, ich ersticke, ich sterbe!‹ Wie schön wäre es, wenn dann Suwankul mit dem Ketmen in der Hand, Kassym mit seinem Mähdrescher und Dshainak mit seinem Fuhrwerk kämen! Doch sie geben keine Antwort ...«

»Hab auch dafür Dank, Erde! Du trauerst also um sie wie ich, du beweinst sie also wie ich. Hab Dank, Erde.«

Das dritte und das vierte Kriegsjahr brachten uns Freude und Leid zugleich: Schritt um Schritt wurde der Feind verjagt – unsere Herzen jubelten, doch das Leben wurde von Tag zu Tag schwerer. Im Herbst ging es noch, da wurden auf den Stoppelfeldern Ähren gelesen und in den Gärten Kartoffeln gebuddelt, aber im Winter begann der Hunger. Besonders schlimm war es im Frühjahr und in den ersten Sommertagen, da fristeten manche nur noch mit knapper Not ihr Leben mit Gräsern, wilden Wurzeln und Wasser, weißlich gefärbt von ein wenig Milch. Aliman und ich arbeiteten beide und hatten keine Kinder am Rockzipfel hängen. Unerträglich war es, mit ansehen zu müssen, wie in den kinderreichen Familien die armen Würmchen mit aufgeschwemmten Bäuchen und verquollenen Gesichtern den Erwachsenen auf die Hände sahen, wortlos um Brot bittend. Hätte jemand zu mir gesagt: »Geh auch du an die Front, stirb dort – und der Krieg wird zu Ende, die Kinder werden satt sein«, ich hätte keinen Augenblick gezögert. Nur nicht ihre hungrigen Augen sehen müssen.

Einmal sprach ich zu Aliman darüber, sie sah mich an und sagte: »Ich würde ebenso handeln. Das Schlimmste ist, dass die Kinder ja gar nicht begreifen, warum sie hungern müssen. Die Erwachsenen können sich wenigstens trösten, sie kennen die Gründe, wissen, dass das einmal ein Ende haben wird. Doch die Kinder begreifen es nicht. Solange ihre Väter an der Front sind, müssen wir das Brot für sie schaffen. Das ist alles, was uns beiden geblieben ist, Mama. Sonst lohnt es sich auch nicht zu leben ...«

Alles gehört einzig und allein dem Krieg: das Leben, die Arbeit, der Wille und sogar der Brei für die Kinder – alles bis aufs Letzte verschwand in dem unersättlichen Rachen des Krieges. Es gab jedoch auch solche, die dem Krieg nichts geben wollten, wozu das verheimlichen, es gab solche Menschen. Auch sie zwackten uns noch etwas von unserem bisschen ab.

Einmal hatte ich mich verirrt, ich glaube, es war im Jahr dreiundvierzig, gegen Ende des Winters. In der Steppe war der Schnee stellenweise weggetaut und die dunkle Erde zum Vorschein gekommen, aber die Fenster waren nachts noch immer gefroren.

Der Kuckuck weiß, zu welcher Nachtstunde das war, alle schliefen schon längst, als plötzlich jemand an unser Fenster trommelte, dass ich glaubte, die Scheiben fielen heraus. »Tolgonai! Brigadier! Wach auf! Steh auf!«, rief draußen jemand.

Aliman und ich erschraken und sprangen aus dem Bett. »Mama!«, flüsterte Aliman in der Dunkelheit, sie war so aufgeregt, als erwarte sie ein Wunder.

Ach, diese verfluchte, niemals ganz schwindende Hoffnung! Auch mir stand das Herz still vor Schreck und banger Freude – vielleicht war einer von den unseren zurückgekehrt? –, und ich drückte mein Gesicht an die Fensterscheibe: »Wer ist da? Wer bist du?«

»Komm heraus, Tolgonai! Schnell! Sie haben uns Pferde gestohlen!«, antwortete die Stimme hinter dem Fenster.

Während Aliman die Lampe anzündete, fuhr ich rasch in die Stiefel, zog den Tschapan über und stürzte auf die Straße. Als wir im Stall ankamen, waren dort schon viele Menschen, auch der Vorsitzende war da. Es stellte sich heraus, dass die Diebe drei Pferde entführt hatten, darunter auch den rehbraunen Zelter; ich hatte ihn dem Kolchos übergeben. Die besten Wallache unserer Brigadiere hatten sie genommen, wir hatten sie zum Pflügen vorgesehen. Der Pferdepfleger erzählte, er sei zur Scheune gegangen, um den Gäulen ihre nächtliche Heuration zu holen, und als er wieder zurückgekommen sei, wäre es dunkel im Stall gewesen und die Laterne habe nicht mehr gebrannt. Er habe gedacht, der Wind sei schuld, habe ohne Hast das Licht angezündet, und da habe er gesehen, dass an der Seite drei Boxen leer waren.

Drei Arbeitspferde verlieren bedeutete für den Kolchos zu jener Zeit das Gleiche wie heute zehn Traktoren einbüßen. Das hieß jedem Soldaten an der Front ein Stück Brot wegnehmen. Wir sattelten unsere Pferde, einige nahmen ein Gewehr, und los ging die Verfolgung. Hätten wir die Diebe gefasst, wir hätten kein Erbarmen gehabt. Mein Wort, wir hätten kein Mitleid gekannt!

Hinter dem Ail teilten wir uns in Zweier- und Dreiergruppen und schlugen verschiedene Richtungen ein. Ich hatte einen feurigen, eigenwilligen Zuchthengst unterm Sattel, der kaum zu halten war. Ich ließ die Zügel locker. Ich weiß noch, es ging über die Landstraße und auf die Berge zu. Hinter mir ritten noch zwei von den unseren. Als ich mich jedoch umsah, waren sie mit einem Mal verschwunden. Entweder waren sie abgeschwenkt, oder ich war abgebogen. Es war ja auch kein Wunder, wenn man sich verirrte, der Mond schien zwar, doch sein Licht war trügerisch, schon in zwanzig Schritt Entfernung verschwamm alles in undurchsichtiger Finsternis. Doch darüber machte ich mir damals keine Gedanken, mich beseelte nur der eine Wunsch: die Pferdediebe einholen, um jeden Preis; wie ärgerlich war es, dass ich nicht erkennen konnte, wohin mich der Hengst trug, und als er dann unterwegs stehen blieb, sah ich mich vor einer tiefen Schlucht. Ich war direkt am Fuße der Berge angelangt. Sacht zog der Mond über dem dunklen Kamm dahin, die Sterne hüllten sich in Nebelschleier. Nirgends ein Licht. Mit dünnem Pfiff glitt ein böiger Wind über den Erdboden und bewegte das trockene Salzkraut. Im Gemäuer eines alten Grabmals schrien die Eulen.

Ohne abzusitzen, ritt ich hinab in die Schlucht. Totenstille. Nur einen Fuchs schreckte ich auf. Er schnellte aus dem Ried hervor und huschte als graublauer Schatten im Mondlicht davon. Sonst war weit und breit niemand zu sehen.

Ich kehrte um. Als ich oben den Hang entlanglief, fiel mir ein, dass das Gerücht ging, Dshenschenkul – so einen gab es im Ail – sei aus der Armee desertiert und mit ihm noch zwei seiner Kumpane aus der Gelben Ebene, genau solche Früchtchen wie er, sie hielten sich in den Bergen versteckt. Bis dahin hatte ich diesen Gerüchten wenig Glauben geschenkt. Mir war es einfach unvorstellbar, dass sich einer verbergen konnte, wenn alle in Gefahr waren. Das hätte ja bedeutet, dass die einen an der Front kämpften und ihr Leben ließen, damit andere hinter ihrem Rücken auf bessere Zeiten warten konnten. Zu solcher Ruchlosigkeit ist wohl kaum einer fähig, hatte ich gedacht. Aber nun kamen mir plötzlich Zweifel. Im Ail kannten wir einander wie unsere fünf Finger, da konnte es keinen Menschen geben, der sich auf einen Pferdediebstahl einließ. Ein Pferd war schließlich keine Stecknadel, die sich im Mantelkragen verbergen ließ, umso weniger gleich drei auf einmal. Also mussten die Diebe anderswoher sein. Wahrscheinlich streiften sie jetzt wie Wölfe durch Berge und Steppe. Ist Dshenschenkul wirklich desertiert, dann ist er es gewesen, dachte ich. Dennoch hatte ich keine Gewissheit: Wer nicht auf frischer Tat ertappt worden war, galt nicht als Dieb, und gesehen hatte ihn niemand.

Drei Pferde bildeten das Gespann für einen zweischarigen Pflug. Mit Mühe und Not ersetzten wir dieses Gespann halbwegs, indem wir vier junge Gäule einfuhren und sie vor den Pflug spannten. Es war ein Jammer, aber was sollten wir tun. Inzwischen war unerwartet früh die Zeit der Aussaat angebrochen, und wir waren dermaßen mit Arbeit überhäuft, dass uns der Sinn weder nach Pferdedieben noch nach dem Herrgott selber stand. Das damalige Frühjahr war wohl das schwerste meines Lebens. Die Menschen waren nicht schuld daran. Sie wollten arbeiten und strengten sich an, aber mit leerem Magen schafft man nicht viel. Was wir früher an einem Tag vollbrachten, dazu brauchten wir jetzt eine Woche. Wir kamen mit den einzelnen Arbeiten nicht voran, und die Aussaat verzögerte sich. Schlimm war auch, dass der Kolchos kein Saatgut hatte. Bis aufs letzte Korn fegten und kratzten wir die Speicher leer, es reichte nur mit knapper Not, aber den Brigadeplan erfüllten wir doch.

In diesen Tagen machte ich mir ernste Gedanken über unser Leben. Für die Arbeitseinheiten bekamen wir nichts, und die früheren Vorräte waren längst aufgezehrt. Wie sollte es weitergehen? Sollten wir den Ail verlassen und uns in alle Welt zerstreuen? Das hieße sich selbst verlieren. Was aber dann? Nun gut, bis zum Herbst würden wirs noch aushalten, auch den Winter würden wir noch irgendwie überstehen, doch dann käme ein neues Frühjahr, und wieder müsste man die entkräfteten, halb verhungerten Menschen zwingen zu arbeiten. Denn nicht zu arbeiten, wäre ja auch nicht möglich.

Ich überlegte hin und her, schlief nächtelang nicht, bis mir schließlich eine Erleuchtung kam: das Brachland umpflügen – wir besaßen ein abgelegenes Stück Brachland – und den Ertrag unter den Familien aufteilen. Ich beriet mich mit dem Vorsitzenden, ging bis zum Kreis und erklärte ihnen dort, dass wir unseren Plan erfüllt hätten und dass wir dieses Land außerhalb des Plans bestellen und abernten wollten, um unsere Arbeitseinheiten vergüten und die Menschen über Wasser halten zu können. Einer der Mitarbeiter hielt mir entgegen: »Du verletzt das Stalinsche Kolchosstatut!«

Ich konnte mich nicht mehr beherrschen: »Zum Teufel mit diesem Statut! Wer wird euch denn ernähren, wenn wir hungern?«

»Du weißt wohl nicht«, sagte er, »wo sich die Füchse gute Nacht sagen?«

»Ich weiß es. Schickt mich doch hin, wenn euch dann wohler ist. Aber bedenkt vorher, wer das Getreide säen soll, damit die Soldaten an der Front Brot haben!«

Es wurde viel Lärm um die Sache geschlagen, die Angelegenheit kam vors Kreisparteikomitee. Der Antrag wurde genehmigt mit dem Zusatz: auf deine persönliche Verantwortung. Dabei kam es nicht auf die Verantwortung, sondern auf das Saatgut an. Im Kolchos war selbst mit der Lupe nichts mehr zu finden, alles, was wir hatten, war ausgesät. Ich dachte nach und rief meine Brigade zusammen, alle ohne Ausnahme, mit Kind und Kegel. Es war eher ein Familienrat als eine Versammlung.

»Lasst uns überlegen, wie wir weiterleben wollen«, sagte ich. »Mit dem, was wir gesät haben, brauchen wir nicht zu rechnen. Ihr wisst selbst, das ist alles für die Front, und sollte etwas übrig bleiben, brauchen wir es als Saatgut. Doch falls wir noch Saatkorn ausfindig machen, besteht die Möglichkeit, Getreide zur Unterstützung der kinderreichen Familien, der Waisen und der alten Leute zu säen. Wenn ihr mir vertraut, übernehme ich die Verantwortung. Jetzt kommt es darauf an, dass jeder für die Saat das Letzte gibt, das letzte bisschen, das er noch zusammenkratzen kann. Seid mir nicht böse, wenn wir uns auch jetzt den letzten Bissen vom Munde absparen, wenn wir auch hungern müssen, mit Milch halten wir schon durch bis zur Ernte, und dann kehrt jedes Körnchen hundertfach zu uns zurück. Strengt euch an, meine Guten, beißt die Zähne zusammen, bringt um eurer selbst, um eurer Kinder willen den Mut zu dieser Heldentat auf. Ihr werdet es nicht bereuen. Vertraut auf mein mütterliches Wort. Helft mir, solange noch Zeit ist zum Säen.«

Auf der Zusammenkunft schienen alle mit mir einverstanden. Als es jedoch ans Einsammeln ging, wurde es schlimm, ja geradezu schrecklich. Besonders furchtbar war es mir, wenn die kinderreichen Mütter aus den Höfen gelaufen kamen und alles auf der Welt verfluchten: den Krieg, dieses elende Leben, die Kinder, den Kolchos und mich. Und dennoch gab jeder blutenden Herzens so viel und was er konnte, der eine ein halbes Pud, der andere nur eine Handvoll. Ich wusste, dass die Menschen ihr Letztes gaben, und dennoch nahm ich es, nahm alles und schüttete Körnchen um Körnchen in die Säcke. Ich fuhr mit dem Wagen von Hof zu Hof, bat, flehte, schimpfte und riss den Menschen das Saatkorn aus den Händen. Dabei blieb mir nur ein Trost, im Herbst würden die Leute es mir danken, im Herbst würde jede Handvoll als Pud zurückkehren.

Niemals werde ich vergessen, wie ich mit meiner Nachbarin Aischa verfahren bin. Sie war doch kränklich, war früh verwitwet. Ihr Mann Shamanbai war noch vor dem Krieg gestorben, und sie war mit ihrem Sohn Bektasch allein geblieben. Wenn es ihr besser ging, arbeitete sie im Kolchos oder in ihrem Garten, sie hielt eine Kuh, so ernährte sie sich und den Sohn. Zu jener Zeit arbeitete Bektasch schon, er war zu einem tüchtigen Burschen herangewachsen.

An jenem Tag fuhren wir mit seinem Gespann die Höfe ab. Als wir an seinen Hof kamen, fragte ich ihn: »Bektasch, habt ihr zu Haus noch etwas?«

»Ein bisschen«, antwortete er zögernd. »Im Beutel hinter dem Ofen.«

»Na, dann geh und hol es«, sagte ich.

»Nein, Mutter Tolgonai, gehen Sie lieber selbst«, bat er.

Aischa fühlte sich in diesen Tagen nicht wohl. Sie saß auf der Filzmatte und hatte ein warmes Wolltuch ums Kreuz gewickelt.

»Aischa, ich bin gekommen, um das zu holen, was alle geben«, sagte ich.

»Alles, was wir haben, ist dort«, entgegnete sie und zeigte auf den Beutel hinter dem Ofen.

»Gib alles, was da ist. Du gibst es doch nicht zum Vergnügen, sondern für die Aussaat. Das Feld wartet schon, halt uns nicht auf, Aischa«, drängte ich sie.

Sie biss sich auf die Lippen und senkte schweigend den Kopf. Oh, diese verfluchte Not, wie weit sie die Menschen nur brachte.

»Aischa, überleg doch, zehn, fünfzehn Tage würdest du es vielleicht leichter haben, dich durchzuschlagen. Aber du musst doch auch an den Winter denken und an das kommende Frühjahr. Um deines Sohnes willen bitte ich dich, Aischa. Er wartet draußen mit dem Fuhrwerk.«

Sie blickte auf und sah mich flehend an.

»Wenn ich etwas hätte, denkst du, es würde mir leid tun? Du weißt es doch selbst, Tolgonai, ich bin doch deine Nachbarin?«

Ich fühlte, ich würde ihrem Flehen nicht mehr lange widerstehen können. Da schüttelte ich das Mitleid von mir ab.

»Ich bin jetzt nicht deine Nachbarin, sondern dein Brigadier!«, sagte ich schroff. »Im Namen des Volkes beschlagnahme ich dieses Korn!« Damit stand ich auf und ergriff den Beutel.

Aischa wandte sich ab.

Es waren vielleicht sieben Kilo Weizen in dem Beutel. Erst wollte ich alles nehmen, wagte es dann aber doch nicht und schüttete die Hälfte in einen leeren Eimer. Zu Aischa sagte ich: »Sieh her, ich nehme nur die Hälfte. Sei mir nicht böse.«

Sie drehte sich nach mir um. Tränen rannen ihr übers Gesicht hinab zum Kinn. Ich hielt es nicht länger aus und stürzte Hals über Kopf auf die Straße. Ach, warum habe ich den Beutel nicht wieder auf seinen Platz gestellt! Doch wie konnte ich wissen, was mit dem Saatgut, das ich gesammelt hatte, geschehen würde?

Zwei große Säcke Weizen waren zusammengekommen. Wir siebten ihn durch, worfelten ihn und reinigten ihn von Unkrautsamen – kein Körnchen ging verloren. Ich selbst brachte das Saatgut zum Acker. Hätte ich doch noch einen Tag gewartet. Aber es war nur noch ein kleines Stück des Feldes zu pflügen, und ich wollte die Fläche doch so schnell wie möglich bestellen. Am nächsten Tag wollte ich in aller Herrgottsfrühe selbst mit der Aussaat beginnen. Alles war vorbereitet, das Saatgut und der Boden, bisher war alles so verlaufen, wie ich es mir gedacht hatte.

Am Abend, als ich von der Arbeit heimkam, befiel mich eine seltsame Unruhe. Am Tage hatte ich Bektasch und noch einem Jungen befohlen, mit ihrem Gespann die Eggen aufs Feld zu fahren. Aber Kinder sind eben Kinder, ich war nicht sicher, ob sie meinen Auftrag ausgeführt hatten. Deshalb sagte ich zu Aliman: »Ich reite rasch mal zu den Jungen und sehe nach, was sie machen.«

Ich schwang mich auf mein Pferd und ritt los. Hinter dem Ail ließ ich den Gaul traben, denn es fing schon an, dunkel zu werden. Auf dem Acker angekommen, sah ich, dass die Ochsen nicht angespannt waren. Und niemand war dabei. Ich ärgerte mich über den Jungen, der hier gepflügt hatte. Die Ochsen quälten sich im Joch. Na, wart nur, Bürschchen, dachte ich, dir werd ichs zeigen. Ich machte mich auf, um ihn zu suchen, da sah ich den Wagen mit den Eggen umgekippt daliegen. Und auch hier war niemand zu sehen.

»He, Jungs! Wo seid ihr? Antwortet!«, rief ich.

Aber niemand meldete sich, nirgends eine Seele. Was war nur los mit ihnen? Wo mochten sie stecken? Mich packte die Angst; ich sprengte zum Zelt, sprang vom Pferd und strich ein Zündholz an.

Die Jungen lagen gefesselt und geknebelt im Zelt, sie waren blutig geschlagen, ihre Kleider zerfetzt. Ich riss Bektasch den Knebel aus dem Mund.

»Das Saatgut! Wo ist das Saatgut?«, schrie ich mit entsteller Stimme.

»Gestohlen haben sie es! Geschlagen haben sie uns!«, röchelte er und wies mit dem Kopf in die Richtung, wohin die Diebe verschwunden waren.

Was weiter geschah, weiß ich nicht mehr. Nie habe ich ein Pferd so gehetzt wie in dieser Nacht. Weder Nacht noch Grabesfinsternis hätte mich zurückhalten können. Hätten sie mein Haus geplündert und in Brand gesteckt, ich hätte kein Wort darüber verloren. Hätten sie im Herbst zehn Säcke Getreide von der Tenne gestohlen, ich hätte es verwunden, schließlich schleppten auch die Mäuse einiges weg. Aber dieses Saatkorn, unser zukünftiges Brot, zu stehlen – mit bloßen Händen hätte ich sie dafür erwürgt.

Ich war den Dieben auf der Spur, und bald sah ich sie auch, sah die Funken unter den Hufen ihrer Pferde aufstieben. Die Säcke hatten sie vor sich auf dem Sattel liegen. Sie flohen in Richtung Berge. Als ich sie entdeckt hatte, fing ich an zu schreien, zu bitten: »Lasst uns die Säcke, das ist Saatkorn! Lasst sie uns, das ist Saatkorn! Saatkorn ist das!«

Sie wandten sich nicht einmal um. Der Abstand zwischen uns verringerte sich zusehends, ich bemerkte, dass einer von ihnen, der rechts außen, unseren Zelter ritt. Ich erkannte ihn sofort. Wie hätte ich unseren Rehbraunen auch nicht erkennen sollen? Ich erkannte ihn an der Gangart, an den weißbestrumpften Hinterbeinen.

»Halt an, ich habe dich erkannt! Du bist Dshenschenkul! Dshenschenkul bist du! Du entgehst mir nicht! Halt an!«

Es war tatsächlich Dshenschenkul. Er löste sich von den anderen, machte kehrt und ritt mir entgegen. Feuer blitzte in der Dunkelheit auf, es krachte. Vom Pferd fallend, begriff ich, dass es ein Schuss gewesen war. Zuerst hatte ich gedacht, das Pferd wäre gestolpert.

Als ich wieder zu mir kam, fühlte ich einen verzehrenden, dumpfen Schmerz im Rücken. Aus einer Wunde am Hinterkopf sickerte

Blut, kalt rann es den Nacken hinab. Neben mir röchelte das verendende Pferd, vergeblich bemüht, hochzukommen. Ein gurgelnder Todesseufzer entrang sich seiner Brust, dumpf schlug der Kopf auf, dann verstummte das Tier. Es wurde ganz still, alles Leben war verstummt. Unbeweglich lag ich da, ich versuchte nicht einmal aufzustehen. Mir war jetzt alles egal. Das Leben hatte keinen Sinn mehr. Ich überlegte, wie ich mich umbringen könnte. Wäre ein Abgrund in der Nähe gewesen, ich wäre hingekrochen und hätte mich kopfüber hinabgestürzt. Es war mir einfach unvorstellbar, wie ich jetzt vor die Menschen hintreten, ihnen in die Augen sehen sollte. Da erblickte ich am Himmel die Goldspur der Garben. Der fahle, neblige Fluss der Milchstraße erinnerte mich an die trüben Tränen in Aischas Gesicht. Und ich erhob mich zuerst auf die Knie, stand dann auf, taumelte, stürzte und schrie, schluchzend vor Schmerz und Gram, Verwünschungen hinaus: »Das Blut der Kriegsopfer verfluche dich, Dshenschenkul! Der Fluch der Gefallenen soll dich ereilen, Dshenschenkul! Mögen die Kinder dich verfluchen, Dshenschenkul!«

Ich schrie und weinte, bis mich die Kräfte verließen.

Lange lag ich so da. Dann hörte ich Schritte, jemand rief nach mir: »Mutter Tolgonai! Wo sind Sie? Mutter Tolgonai!«

An der Stimme erkannte ich Bektasch und meldete mich. Er keuchte heran, kniete sich neben mir hin und hob meinen Kopf an: »Mutter Tolgonai, was ist mit Ihnen, sind Sie verwundet?«

»Nein, ich hab mich bloß beim Fallen verletzt«, beruhigte ich ihn. »Nur das Pferd ist von einer Kugel getötet worden.«

»Na, dann ists ja nicht so schlimm, wir helfen Ihnen gleich!«, sagte Bektasch erfreut. Dann fügte er hinzu: »Und das Fleisch kommt auch nicht um, das verteilen wir unter die Familien.«

Die Jungen brachten mich auf ihrem Wagen nach Hause. Drei Tage musste ich das Bett hüten, der Schmerz im Rücken wollte nicht nachlassen. Auch jetzt habe ich bei schlechtem Wetter noch manchmal Rückenschmerzen. Damals kamen viele mich besuchen und erkundigten sich nach meiner Gesundheit. Ich war ihnen dankbar dafür, aber noch dankbarer war ich, dass keiner mir einen

Vorwurf machte, dass alle taten, als wäre nichts geschehen. Vielleicht ahnten sie, dass mir ohnehin elend genug zumute war. Wenn ich daran dachte, dass all unsere Arbeit umsonst gewesen war, dass der Acker brachlag und der Weizen, den ich den weinenden Kindern entrissen hatte, die Beute von Banditen geworden war, dann stieg solche Bitterkeit in mir hoch, dass mir schwarz vor Augen wurde.

»Nicht nur du, Tolgonai, auch ich Erde empfand diesen Schmerz. Im Sommer brannte das leere Feld wie eine klaffende Wunde. Sie schmerzte lange. Die schrecklichsten Wunden sind unbebaute Äcker für mich, Tolgonai. Und wie viele waren es im Krieg! Wer einen Krieg entfacht, ist mein Todfeind.«

»Du hast recht, Mutter Erde. Davon hat auch mein Sohn Masselbek geschrieben. Erinnerst du dich an Masselbeks Brief, Erde?«

»Ich erinnere mich daran, Tolgonai.«

»Ja, wir erinnern uns daran. Heute ist Totengedenktag, Mutter Erde. Wir wollen uns noch einmal alles ins Gedächtnis rufen.«

»Ja, das wollen wir, Tolgonai. Masselbek ist nicht nur dein Sohn, er ist auch mein Sohn, ein Sohn der Erde. Wiederhole mir noch einmal seinen Brief, Tolgonai.«

Als die Leute zu mir kamen, um sich nach meinem Befinden zu erkundigen, glaubte ich, aus Mitgefühl seien sie bemüht, das Vorgefallene mit Schweigen zu übergehen, und sprächen deshalb meist nur von Neuigkeiten, von der Arbeit und vom Wetter; wie sich herausstellte, gab es jedoch noch einen anderen Grund. Ich kam erst später dahinter. Sie wussten damals schon, was mich erwartete.

Eines Tages kam Aischa zu uns und brachte mir ein Schüsselchen saure Sahne. Als sie über die Schwelle trat, schämte ich mich bis in die tiefste Seele. Ich wusste nicht, was ich sagen sollte, saß im Bett und schwieg.

Sie aber sprach zu mir: »Denk nicht an das, was gewesen ist, Tolgonai. Und verzeih mir meine Schwäche. Ich trage dir nichts nach. Wenn nötig, gäbe ich bedenkenlos mein Leben für dich. Von nun an wird mein Bektasch uns beiden auf unseren Höfen helfen. Er liebt dich sogar mehr als mich, Tolgonai. Und ich freue mich darüber. Das heißt, er wird ein verständiger Mensch …«

Ich murmelte nur: »Hab Dank für deine Worte, Aischa.«

Am nächsten Morgen fühlte ich mich schon besser und ging auf den Hof, um ein wenig nach der Wirtschaft zu sehen. Doch wurde ich schnell müde und setzte mich vor dem Fenster in die Sonne. Aliman war ebenfalls zu Hause. Sie wusch die Wäsche im Hof. Ich hatte ihr gesagt, sie solle arbeiten gehen, doch sie hatte mir entgegnet, der Vorsitzende selbst hätte ihr vorgeschlagen, einen Tag zu Hause zu bleiben, damit ich nicht so allein wäre.

In diesem Frühling war der große alte Apfelbaum – Suwankul hatte ihn selbst gepflanzt – so voller Blüten, als hätte er neue Kraft geschöpft und sei wieder jung geworden. Während der Baumblüte ist die Luft ganz klar, fernste Fernen werden sichtbar. Als ich so dasaß und die Schönheit um mich her genoss, war Temirtschal, unser alter Briefträger, herangetreten. »Guten Tag, Tolgonai, wie gehts?«, sagte er. Ganz gegen seine Gewohnheit schien er es aber sehr eilig zu haben und sich gar nicht wohl zu fühlen in seiner Haut, er klagte über den ihn quälenden Husten, er habe sich in der vorigen Woche erkältet, meinte er und sagte dann so beiläufig: »Ich glaube, da muss irgendein Brief für dich sein.«

Er holte ihn aus seiner Tasche hervor. Seine Gleichgültigkeit kränkte mich.

»Warum hast du das nicht gleich gesagt? Von wem ist der Brief?«

»Ich glaube, von Masselbek«, murmelte er.

Vor Freude achtete ich zuerst gar nicht darauf, dass es nicht wie sonst ein dreieckiger Feldpostbrief war, sondern ein fester weißer Umschlag mit Druckbuchstaben. In dem Augenblick kam unser Nachbar, der Frontsoldat Bektursun. Er ging auf Krücken. Es scheint ihm wieder schlechter zu gehen mit seinem verwundeten Bein, dachte ich, denn er schleppte sich mühselig heran. Er kam öfter zu uns, um sich ein bisschen zu unterhalten. Bektursun begrüßte uns und nahm mir den Umschlag aus der Hand. »Von Masselbek«, sagte er.

»Dir zittern ja die Hände! Steh nicht so lange auf deinen Krücken, setz dich hin und lies mir den Brief vor«, bat ich. Ächzend ließ er sich mit seinem steifen Bein auf der Filzmatte nieder. Mit zitternden Händen öffnete er den Brief und begann zu lesen. Ach, schon bei den ersten Worten hatte ich alles begriffen.

»Glaub mir, Mama«, schrieb er, »nach einiger Zeit wirst du mich verstehen, wirst du überzeugt sein, dass ich recht getan habe. Ja, unbedingt wirst du sagen, dass dein Sohn richtig gehandelt hat. Und dennoch, wenn du mich auch verstehen wirst, in einem Winkel deines Herzens wird die unausgesprochene Frage bleiben: Wie konntest du diese lichte Welt so einfach verlassen, mein Sohn? Wozu habe ich dich geboren, wozu großgezogen? Ja, Mama, du bist Mutter und hast das Recht, so zu fragen, und die Geschichte wird deine Frage beantworten. Ich kann jetzt nur so viel sagen: Wir haben den Krieg nicht gewollt, nicht wir haben ihn angezettelt; er ist für uns alle, für alle Menschen ein furchtbares Unglück. Und wir müssen unser Blut vergießen und unser Leben opfern, um dieses Ungeheuer zu vernichten. Tun wir das nicht, sind wir des Namens Mensch unwürdig. Ich war nie begierig, im Krieg Heldentaten zu vollbringen. Ich hatte einen ganz schlichten Beruf gewählt: Lehrer wollte ich werden. Ich wollte es sehr. Doch statt Kreide und Zeigestock musste ich ein Gewehr zur Hand nehmen und Soldat werden. Das war nicht meine Schuld. Die Zeit war so. Es war mir nicht vergönnt, auch nur ein einziges Mal Kinder zu unterrichten.

In einer Stunde gehe ich, einen Auftrag der Heimat zu erfüllen. Ich werde kaum lebend zurückkehren. Ich gehe, damit bei der bevorstehenden Offensive viele meiner Kameraden am Leben bleiben. Ich gehe um des Volkes, um des Sieges, um des Schönen willen, das im Menschen lebt. Dies ist mein letzter Brief, dies sind meine letzten Worte, Mama! Tausendmal werde ich deinen Namen wiederholen, und dennoch bleibe ich für immer in deiner Schuld. Verzeih mir den Kummer, den ich dir bereite, Mama. Aber du musst verstehen, Mama, es ist keine unbesonnene Selbstaufopferung. Das Leben selbst hat mich gelehrt, so zu handeln. Es ist mein erster und letzter Unterricht für die Kinder, die ich hätte lehren sollen. Ich gehe freiwillig, aus Überzeugung. Ich bin stolz darauf, meine höchste Pflicht vor den Menschen zu erfüllen. Weine nicht, Mama, niemand soll weinen. In einem solchen Fall darf niemand weinen.

Verzeih, Mama, leb wohl.

Lebt wohl, ihr Berge des Ala-Tau! Wie habe ich euch geliebt!

Dein Sohn, der Lehrer, Leutnant Masselbek Suwankulow

Front, 9. März 1943, 12 Uhr nachts.«

Wie im Traum hob ich den bleischweren Kopf. Im Hof stand eine schweigende Menschenmenge. Niemand weinte. Die Frauen fassten mich unter die Arme und halfen mir auf. Ein Windstoß fuhr in die Wipfel des Apfelbaums, und eine Wolke weißer Blüten schwebte herab. Lautlos legten sie sich uns aufs Haupt. Über dem weißen Apfelbaum, über den fernen, weißen Bergen blaute durchsichtig klar der unendliche Himmel. Ein Schrei brach los in meinem Innern. Ich hätte schreien mögen, dass die ganze Welt es hörte. Aber ich schwieg. Ich erfüllte den letzten Wunsch meines Sohnes, er hatte mich gebeten, nicht zu weinen. Ich wusste nicht, was Aliman derweil tat. Ich sah sie nur einmal mit ausgestreckten Armen langsam auf mich zukommen. Sie trat ganz nah an mich heran, blickte mir in die Augen, wandte sich ab und ging wieder, die Hände vors Gesicht geschlagen.

So hatte ich also auch meinen mittleren Sohn verloren. Nur seine Mütze ist mir geblieben.

»Und mir ist sein Name geblieben, Tolgonai. Ich bin seine Heimat. Und den Menschen sind seine Worte geblieben. Sie sind seine Landsleute.«

»Ja, Mutter Erde, so ist es. Unser Kolchos trägt seinen Namen. Masselbeks Brief hatten seine Regimentskameraden zusammen mit einem eigenen Brief an den Dorfsowjet geschickt. Sie schrieben, sie würden ihren Kameraden nie vergessen, sie seien stolz auf seine Heldentat, und ewig würde die Heimat sein Andenken ehren. Weiter schrieben sie, Masselbek habe vor der Offensive ein feindliches Munitionslager in die Luft gesprengt, alles Lebende ringsum sei von der Explosion hinweggefegt worden. Ich neige das Haupt vor den Helden und vor meinem Sohn Masselbek, dessen Ruhm mich mit Stolz erfüllt. Aber kein Ruhm, nichts auf der Welt kann mir den lebendigen Masselbek ersetzen. Fragt eine beliebige Mutter, keine Mutter träumt von solchem Ruhm. Wir Mütter gebären unsere Kinder für das Leben, für ein einfaches irdisches Glück.«

»Du hast recht, Tolgonai. Immer werde ich jenes Frühjahr in Erinnerung behalten, das den Sieg brachte, jenen Tag, als ihr Menschen die von der Front heimkehrenden Soldaten empfangen habt, aber ich weiß bis heute nicht, Tolgonai, was damals überwog – die Freude oder das Leid.«

An jenem Tag waren gerade wir an der Reihe, unseren Gemüsegarten mit dem Kolchospflug zu beackern. Wir waren schon fast fertig, als auf der Straße plötzlich seltsamer Lärm und Getrappel zu hören waren.

Aliman rannte hin, um zu erfahren, was los sei, und war im Nu wieder zurück. »Komm schnell, Mama!«, drängte sie. »Die Soldaten kehren heim.«

Wir ließen alles stehen und liegen. Tatsächlich, der ganze Ail war auf den Beinen, zu Pferd und zu Fuß, gebeugte Greise und Greisinnen, Kinder, Verwundete auf Krücken – alles lief in dieselbe Richtung. Von Mund zu Mund ging das Gerücht, ein Durchreisender (wohl vom anderen Ufer) habe erzählt, die Soldaten kämen nach Hause, zwei Militärzüge seien auf der Bahnstation angekommen, dort seien Jungs aus allen Ailen dabei, sie seien bereits unterwegs und müssten jede Stunde hier eintreffen. Niemand fragte, ob das stimmte. Die Menschen wollten diese Wahrheit, sie hatten von diesem lang ersehnten Tag geträumt, deshalb gab es auch jetzt keinerlei Zweifel.

Wir liefen bis zum Ende des Ails, dorthin, wo wir vor dem Krieg begonnen hatten, die neue Straße zu bauen. Die Reiter blieben im Sattel, die Fußgänger erklommen den kleinen Hügel am Aryk, die

Jungen kletterten auf die Ruinen der halb fertigen Häuser, manche auch auf Bäume.

Alle warteten und blickten zur Landstraße hinüber. Die einen erzählten, einander gegenseitig ungeduldig unterbrechend, von guten Träumen, die sie in der Nacht zuvor gesehen hatten, andere sammelten kleine Steine und begannen damit wahrzusagen. Und in all dem, in ihren Träumen und ihren Weissagungen, in allen je gehabten Vorahnungen und allen nur möglichen Vorzeichen sahen die Menschen das ersehnte gute Omen. Wenn ich heute daran zurückdenke, meine ich manchmal, hätten die Menschen auf der ganzen Welt ihre Söhne, Brüder, Väter und Männer immer so geliebt und erwartet wie wir damals, dann hätte es vielleicht keinen Krieg gegeben.

Wenn die Gespräche verstummten, hing jeder schweigend seinen Gedanken nach. Die Menschen erwarteten den Entscheid des Schicksals. Wer würde zurückkehren und wer nicht? Davon hing ihr weiteres Leben ab.

Plötzlich schrie ein kleiner Junge, der auf einem Baum saß: »Sie kommen!« Alle standen wie angewurzelt, gespannt wie die Saiten des Komus, dann wiederholten sie alle auf einmal: »Sie kommen!« Und wieder verstummten sie voller Erwartung, wieder wurde es still. Doch dann, als wären sie eben erst zu sich gekommen, fragten alle durcheinander: »Wo denn? Wo?« Darauf schwiegen sie von neuem. Vorn auf der Landstraße tauchte ein Kutschwagen auf. Munter rollte er die Straße entlang und hielt an der Kreuzung, wo der Feldweg zu unserem Ail abbog. Ein Soldat sprang ab. Er nahm Mantel und Tornister, verabschiedete sich von dem Kutscher und kam auf uns zu. Niemand sagte ein Wort, alle blickten schweigend und verwundert auf den Weg, den der Soldat entlangkam. Er kam immer näher, aber keiner rührte sich vom Fleck. Das Erstaunen auf unseren Gesichtern war erstarrt. Wir warteten noch immer auf ein Wunder und trauten unseren Augen nicht, denn wir hatten nicht einen erwartet, sondern viele.

Unschlüssig blieb der Soldat stehen, er war bedrückt, als er die schweigende Menschenmenge vor dem Ail sah. Wahrscheinlich dachte er: Was sind das für Leute, warum schweigen sie und stehen da wie angewurzelt? Vielleicht erwarten sie jemand? Mehrmals blickte er sich um, aber auf dem Weg war niemand außer ihm zu sehen. Er ging weiter, blieb wieder stehen und blickte nochmals zurück. Ein barfüßiges Mädchen, das vor uns stand, schrie unerwartet auf: »Das ist ja mein Bruder, Aschiraly! Aschiraly!« Sie riss sich ihr dreieckiges Tüchlein vom Kopf und lief, was sie konnte, auf ihn zu.

Weiß Gott, woran sie ihn erkannt hatte. Wie ein Schuss hatte uns ihr Schrei aus der Erstarrung erweckt. Die Jungen und Mädchen rannten hinter ihr drein.

»Das ist wirklich Aschiraly! Er ists!«, lärmten verschiedene Stimmen durcheinander, dann stürzten wir alle, Jung und Alt, dem Soldaten entgegen. Eine mächtige Kraft war in uns erwacht und trug uns wie auf Flügeln. Als wir dem Soldaten mit offenen Armen entgegeneilten, trugen wir unser ganzes Leben mit uns, alles Erlebte und Erlittene, die Qualen des Wartens und die schlaflosen Nächte, unser ergrautes Haar, unsere gealterten Mädchen, unsere Witwen und Waisen, unsere Seufzer und unsere Tränen, all unsere Tapferkeit trugen wir dem siegreichen Soldaten entgegen. Als er begriff, dass er es war, den wir erwarteten, lief auch er uns entgegen.

Mitten im Laufen schien es mir plötzlich, ein Militärzug brause mit Donnergetöse vorüber, der Wind schlüge mir ins Gesicht, ich hörte einen Schrei: »Mama-a! Alima-an!«, und in meinen Ohren ratterten und ratterten die Räder.

Die Reiter erreichten als Erste den Soldaten, sie nahmen ihm Mantel und Tornister ab und schüttelten ihm die Hand.

O Sieg! Wir haben so lange auf dich gewartet. Sei gegrüßt, Sieg! Sei gegrüßt! Verzeih uns unsere Tränen! Verzeih meiner Schwiegertochter Aliman, dass sie ihren Kopf an Aschiralys Brust presste, ihn an den Schultern rüttelte und fragte: »Wo ist mein Kassym? Wo?« Verzeih uns allen, Sieg. Wie viele Opfer haben wir deinetwegen gebracht. Verzeih uns unsere Schreie: »Wo sind die anderen? Wo ist meiner? Und meiner? Wo sind denn all die Übrigen? Wann kehren sie zurück?« Verzeih dem Soldaten Aschiraly, dass er uns antwortete: »Sie kommen zurück, ihr Lieben, alle kommen zurück. Sie kommen bald, morgen.« Verzeih uns, Sieg, verzeih! Als ich Aschiraly umarmte und küsste, dachte ich an Dshainak, an Masselbek, an Kassym und Suwankul – von ihnen war keiner zurückgekommen. Verzeih mir, Sieg …

Schweigend kehrten wir um. Noch immer schluchzte Aliman von Zeit zu Zeit unerwartet auf, sie atmete schwer und geräuschvoll, als sei sie am Ersticken. Ihr Gesicht war finster, sie blickte unverwandt vor sich hin und dachte angestrengt über etwas nach. Ich ahnte, dass düstere Gedanken sie bedrängten. Aliman litt sehr. Ich sah es an ihrem Gesicht, ihrem schwermütigen Blick und den zerbissenen Lippen. Ich wusste, woran sie dachte, und sagte im Stillen zu ihr: Ja, mein Schwiegertöchterchen, es ist schon so, wir werden uns wohl trennen müssen. Jetzt hast du Kassym doch wohl endgültig begraben. Was solltest du auch sonst tun? Du kannst doch dem Toten nicht ins Grab folgen und kannst auch nicht ewig ein trauriges Witwendasein führen. Alles ist zu Ende. Du gehst fort. Natürlich gehst du, daran ist nicht zu rütteln. Nun denn, ich bin dir deshalb nicht gram. Du gehst ja nicht aus freien Stücken und nicht aus einer Laune. Das Schicksal will es so. Ach, Schicksal, Schicksal … Wenn du wüsstest, Aliman, wie leid es mir tut, mich von dir zu trennen. Wir haben wie Mutter und Tochter gelebt. Wenn du gehst, werde ich dich segnen wie meine eigene Tochter und werde für dein Glück beten. Du hast das Leben noch vor dir, du bist jung und schön, du wirst einen anderen finden. Die Hauptsache, er ist ein guter Mensch. Ob er dir Kassym ersetzen wird? Wer weiß. Ich kann dir da nicht helfen. Nur eine Bitte hab ich: Wenn du fortgehst, denk wenigstens manchmal an mich. Ich hab niemanden mehr außer dir. Ganz allein bleib ich im Haus, allein in der weiten Welt. Ich denke mit Schrecken daran. Auch keinen Trost hab ich auf meine alten Tage: Es war dir ja nicht mal vergönnt, mir einen Enkel zu gebären. Doch ist es für dich vielleicht besser so. Und auf mich musst du nicht schauen. Du darfst dir wegen mir Alten nicht deine Jugend verderben. Ich habe das Leben schon hinter mir. Du hast es noch vor dir. Wenn du dich entschlossen hast, sagst du es eben. Du kannst jeden Tag gehen. Du sollst es mit ruhigem Gewissen tun. Ich werde deiner stets liebend und dankbar gedenken.

So ging ich dahin, überlegte und bereitete mich darauf vor, diese Worte zu sagen. Und Aliman wusste, woran ich dachte. Wenn zwei Menschen ein Herz und eine Seele sind, verstehen sie einander auch ohne Worte. Und dennoch sagte sie nicht das, was ich erwartet hatte.

Wir kamen an der verödeten Straße vorbei. Zu meinem Unglück blickte ich zu Alimans und Kassyms Baustelle hinüber: Wie vor fünf Jahren türmten sich dort auf dem Hof die angefahrenen Steine zu einem großen grauen Haufen, die Ziegel jedoch hatten sich längst in Schutt verwandelt. Seit Kriegsbeginn war die halb fertige Straße wie ausgestorben. Klette und Melde überwucherten die Parzellen. Die Mauern zerfielen, in den Häusern wuchsen Disteln und guckten aus den leeren Fensterhöhlen. Bis zum Herbst weideten hier nur angepflockte Kälber und ließen Wiedehopfe ihren traurigen Ruf erschallen. Diese Vögel lieben die Einöde der Friedhöfe. Auch jetzt saßen sie auf den Ruinen wie auf Grabsteinen, gaben sich der stillen Frühlingswärme hin und lockten einander mit halblauten und schwermütigen Rufen.

Mein Gott! Die Leere erfüllte mich mit Entsetzen. Wo waren die Menschen geblieben, die hier wohnen, die hier ihren eigenen Herd haben wollten? Auch meinem armen Kassym war es nicht vergönnt, sein erstes Haus hier zu bauen. Leer und ausgebrannt fühlte ich mich. Aliman stützte mich und lächelte mitleidig.

»Mama«, sagte sie, »warum bist du so niedergeschlagen? Hast du ganz den Glauben ans Leben verloren? Das darfst du nicht, Mama. Ich weiß, wie schwer es ist. Aber du bist doch meine Standhafte, du bist doch meine ...« Sie stockte, wollte noch etwas sagen, verschluckte es aber und lächelte schuldbewusst. »Du bist ganz einfach meine Beste. Komm, Mama, setzen wir uns hier auf den kleinen Hügel, ich muss mit dir sprechen.«

Nun ist es also so weit, gleich wird sie es sagen, wird sagen, dass sie fortgeht, dachte ich. Heißes Mitleid mit uns beiden überkam mich. Bemüht, das Zittern in meiner Stimme zu verbergen, antwortete ich ihr: »Gut, setzen wir uns.«

Wir ließen uns auf dem Hügel nieder. Da saßen wir nun, Schwiegermutter und Schwiegertochter, um über unser weiteres Leben zu entscheiden.

Aliman blickte zu Boden und seufzte. Dann begann sie zu sprechen: »Nun ist also der verfluchte Krieg zu Ende, Mama. Sicherlich hast auch du dir Gedanken gemacht, wie es weitergehen soll.«

Sie verstummte, und auch ich schwieg. Dann hob sie den Blick und sah mir ernst und fest in die Augen. »Sei nicht traurig, Mama«, sagte sie mit wehmütigem Lächeln. »Glaubst du denn, dass uns nichts, aber auch gar nichts geblieben ist vom Glück, nicht das kleinste bisschen? Es kann nicht sein, dass von vier Menschen kein einziger zurückkommt. Nein, warte, unterbrich mich nicht, Mama, hör mich an. Ich bin ganz aufrichtig, ich will dich nicht etwa trösten oder gar mich selbst betrügen. Glaub mir, Mama, mein Herz sagt es mir: Dshainak muss zurückkehren. Vermisst – das heißt, er lebt. Niemand hat gesehen, dass er gefallen ist. Vielleicht ist er in Gefangenschaft geraten, oder er war bei den Partisanen und taucht nun plötzlich wieder auf. Vielleicht ist er auch schwer verwundet und kann uns nicht benachrichtigen. Du wirst sehen, eines Tages steht er plötzlich vor uns, wie vom Himmel gefallen. Lass uns noch warten, Mama, wir wollen uns nicht vorzeitig begraben. Du weißt ja selber, es ist schon vorgekommen, dass nicht nur Vermisste, sondern sogar Soldaten, deren Angehörige bereits die Todesanzeige erhalten hatten, am Leben waren und wiedergekommen sind. In unserem Nachbarail und bei den Kasachen unten in der Gelben Ebene haben sie auch um die vermeintlichen Gefallenen getrauert und eine Gedenkfeier für sie abgehalten, dabei waren sie gar nicht tot und sind zurückgekehrt. Ich glaube ganz fest daran, ich weiß es, unser Dshainak lebt und kommt bald heim. Es ist ganz unmöglich, dass von vier Menschen nicht einer wiederkehrt. Warten wir noch, Mama. Haben wir so lange gewartet, können wir auch noch länger warten. Um mich brauchst du dir keine Sorgen zu machen, war ich bisher deine Schwiegertochter, so will ich dir jetzt wie ein Sohn sein, anstelle deiner Söhne …«

Aliman verstummte, und wir saßen noch lange schweigend da. Es war schon Mitte Mai. Weit hinten in der Ferne ballten sich

Wölkchen zu einer großen, dunklen Wolke, sie schwoll an, als bliese jemand schwarzen Rauch hinein. Es donnerte. Ein Hauch regenkühler Luft zog zu uns herüber. Dort hinten ging ein Gewitterregen nieder. Es goss in Strömen, die Regensträhnen glänzten in der Sonne und wanderten mit Riesenschritten über die Berge bis hinab in die ebene Steppe. Unverwandt blickte ich dorthin. Der erfrischende, nach Regen duftende Wind kühlte meine heißen Wangen. Ich entgegnete Aliman nichts. Meine Worte für sie waren dort in der Ferne freigebig und klar wie jener lichte Gewitterregen.

Der Regen wird fallen, das Getreide wird gedeihen, das Volk wird leben – und ich mit ihm. Nicht weil ich Aliman leid tat und sie gesagt hatte, sie würde mich nicht verlassen, dachte ich so. Mich freute etwas anderes. Wer sagt da, der Krieg mache die Menschen grausam, gierig, gemein und nichtig? Nein, Krieg, und wenn du die Menschen vierzig Jahre mit Stiefeln trittst und tötest, raubst, sengst und vernichtest, du zwingst den Menschen nicht in die Knie, du entwürdigst ihn nicht.

Und meine Aliman war ein Mensch! Wem zuliebe glaubte sie daran, dass unser Dshainak, der in dunkler Nacht mit dem Fallschirm über dem Lager des Feindes abgesprungen und verschollen war, am Leben sei und zurückkommen würde? Wem zuliebe suchte sie sich selbst davon zu überzeugen, dass die Welt nicht ungerecht sei, wie es schien? Ich wagte nicht, ihr den Glauben zu zerstören, wagte nicht, ihre Hoffnung zu trüben, ich glaubte ihr. Wie, wenn Dshainak wirklich lebte? Dann würde er eines schönen Tages zurückkehren. Wie ein Kind glaubte ich daran. Ich wollte es. Ich träumte bereits von jenem Tag, als Aliman das Schweigen brach. Sie hatte zuerst daran gedacht, dass ja der Gemüsegarten gepflügt werden musste.

»Mama, der Pflug steht ja noch im Gemüsegarten. Komm schnell, die Erde trocknet aus«, drängte sie. Wir liefen hin. Den Pflug hinter sich herschleifend, weideten die Ochsen schon längst auf der Wiese hinter dem Garten. Aliman brachte sie zurück, wir setzten den Pflug wieder in die Furche und pflügten weiter. Seltsam, wie wenig doch der Mensch braucht! Manchmal genügt ein einziges gutes Wort, damit er ins Leben zurückfindet. So war es auch mit Aliman.

Oder schien es mir nur so? Sie verwandelte sich plötzlich wieder in die frühere Aliman, die sie vor dem Krieg gewesen war. Alles an ihr strahlte, jedes Wort von ihr, jedes Lächeln und jede ihrer Bewegungen – alles war genauso wie einst. Sie zog den kurzen Beschmet aus, schürzte das Kleid, krempelte sich die Ärmel hoch, schob das Kopftuch in den Nacken und trieb behänd die Ochsen an.

»He, Weißstirniger, zob-zobe! He, Stummelschwanz, zob-zobe!«, feuerte sie die Tiere an und knallte mit der langen Peitsche.

Aliman wollte, dass ich ein wenig Mut fasste, arbeitete und lebte. Deshalb benahm sie sich so an jenem denkwürdigen Tag. Sie drehte sich nach mir um und sagte lachend: »Drück nicht so stark auf den Pflug, Mama, die Steine kommen sonst hoch. Schone deine Kräfte!«

Als nur noch zwei, drei Runden übrig geblieben waren, kam der Regen auch zu uns. Es war ein lustiger, rauschender Gewitterregen. Zuerst berührte er die Rücken der Ochsen mit ein paar schüchternen Tropfen, dann hielt er nachdenklich inne und tanzte plötzlich mit all seinen Wasserstrahlen los, prasselte, als klatschte er in die Hände, und scheuchte im Nu den ganzen Ail auf. Laut gackernd und mit gespreizten Flügeln stoben die Glucken mit ihren Küken davon. Die Frauen rissen die Wäsche von der Leine und eilten ins Haus. Kinder und Hunde kamen auf die Straße gerannt. Sie tollten umher und liefen im Regen um die Wette. Die Kinder sangen dabei ein Liedchen:

Regen, Regen, wart auf mich,
warte, ich begleite dich ...

»Wir werden nass! Komm schnell, stellen wir uns unter!«, sagte ich zu Aliman.

Sie schüttelte den Kopf: »Lass nur, Mama, wir weichen schon nicht auf, wir sind ja nicht aus Zucker!« Der Regen kitzelte sie, sie lachte ausgelassen wie ein kleines Mädchen und trieb die Ochsen schneller voran.

Ihre Fröhlichkeit steckte auch mich an. Liebevoll betrachtete ich sie und flüsterte vor mich hin: »Du meine Reine, Regenklare! Wie glücklich könntest du sein! Ach, Leben, Leben ...«

Jetzt weiß ich, dass sie das alles für mich getan hat. Sie wünschte so sehr, dass ich den Krieg, den Kummer vergessen und zuversichtlich in die Welt schauen sollte.

Sie hielt Gesicht und Hände den Regenstrahlen entgegen und sagte zu mir: »Sieh, Mama, was für ein Regen! Wie rein er ist! Das wird ein gutes Erntejahr! Zob-zobe, Regen niedergeh, fleißig gieß, Regenfee, zob-zobe!« Und sie peitschte die Regenstrahlen und die dampfenden Rücken der Ochsen. Sie lachte und wusste wahrscheinlich gar nicht, wie hübsch sie war in dem nassen, eng anliegenden Kleid, mit ihren prallen Brüsten und starken Hüften, den glückstrahlenden Augen und glühenden Wangen. So sei denn noch einmal verdammt, dreimal verfluchter Krieg.

Als der Regen nachließ und weiterzog, wurde Aliman still. Bedauernd blickte sie ihm nach, lauschte seinem langsam verklingenden Rauschen und dachte wohl, dass auch der Regen nicht ewig währt, dass auch er schnell vergeht. Sie seufzte traurig. Woran sie auch immer gedacht haben mochte, an Kassym oder an etwas anderes, jedenfalls lächelte sie wieder, als sie mich ansah.

»Das trifft sich gut, nach dem Regen können wir gleich den Mais aussäen!«, sagte sie und rannte nach Hause. Sie brachte ein Eimerchen angefeuchteten Mais, nahm eine Handvoll von den aufgequollenen großen Körnern und streute sie aus. »Mama«, sagte sie zu mir, »möge Dshainak heimkehren, bis die Kolben reif sind!«

Nie werde ich diesen Tag vergessen. Wie ein Neugeborenes blinzelte die vom Regen blank gewaschene Sonne durch die Wolken. Aliman lief barfüßig über den nassen, dunklen Acker und streute lächelnd den Samen aus. Sie streute nicht einfach Samen aus, sie säte den Samen der Hoffnung, des Guten, der Erwartung.

»Du wirst sehen, Mama«, sagte sie, »meine Worte werden in Erfüllung gehen. Ich werde für Dshainak noch Maiskolben in heißer Asche backen. Weißt du noch, wie er sich immer mit mir wegen der Kolben gezankt hat? Einmal zog er einen heißen Kolben aus der Asche, steckte ihn sich unters Hemd und riss vor mir aus. Als der

Kolben jedoch anfing, ihm die Brust zu verbrennen, hüpfte er von einem Bein aufs andere, wie von einer Tarantel gestochen. Einen ganzen Eimer Wasser kippte er sich über die Brust. Und ich, anstatt ihm zu helfen, kugelte mich vor Lachen und wiederholte nur immer: ›Das geschieht dir recht! Das schadet dir gar nichts!‹ Erinnerst du dich noch daran, Mama?«, fragte sie lachend, während sie sich diesen lustigen Vorfall ins Gedächtnis rief.

Auch dafür bin ich ihr dankbar ...

»Ja, Tolgonai, lange habt ihr auf Dshainak gewartet.«

»Lange, Mutter Erde. Nicht nur einmal, ein zweites, ein drittes Mal war der Mais reif geworden, doch unser Dshainak kam nicht wieder. Wir erhielten auch keinerlei Nachricht von ihm. Du weißt ja selbst, wie oft ich weinend zu dir gekommen bin und meinen Kummer mit dir geteilt habe.«

»Ich weiß, Tolgonai. Ja, oft bist du gekommen, geweint hast du und gefragt, was mit deiner Schwiegertochter werden solle, du könntest doch ihr junges Leben nicht zugrunde richten. Aber ich vermochte dir da auch nicht zu helfen, Tolgonai. Und auch jetzt, da so viele Jahre vergangen sind, auch jetzt kann ich dir nichts dazu sagen.«

Das Leben nahm seinen Lauf, der Kolchos kam allmählich wieder auf die Beine, unser Dasein wurde leichter, und zugleich verblasste die Erinnerung an den Krieg, verwischten sich seine Spuren in den Herzen der Menschen.

Aliman und ich arbeiteten wie früher im Kolchos. Als die Soldaten von der Front zurückkehrten, hatte ich mein Brigadieramt den Jungen übergeben: »Drei Jahre lang habe ich ohne euch gearbeitet und mich redlich gequält, nun, da ihr wieder da seid, nehmt die Sache selbst in die Hand«, sagte ich zu ihnen. »Mich aber lasst jetzt gehen, ich bin alt geworden in diesen Jahren, ich werde euch auch so helfen.«

Die Jugend von damals nennt mich auch heute noch »Brigadierapa«, also achtet sie mich noch immer.

Obwohl das Leben inzwischen wieder ins Lot gekommen war, fanden Aliman und ich doch keine Ruhe. Niemand merkte uns das an, doch innerlich litten wir ständig, dachten unaufhörlich an ein und dasselbe. Auf den ersten Blick scheint es, nichts ist leichter, als unter vier Augen aufrichtig miteinander zu sprechen: So und so sieht es aus, mag also jeder seine Wege gehen und sich sein Leben einrichten, wie es ihm passt. Ja, im Grunde genommen war es sehr einfach. Hätte ich nicht Aliman zur Schwiegertochter gehabt, sondern eine andere Frau, wäre sie nicht so gut zu mir gewesen, dann hätte ich ihr, ohne lange zu fackeln, ins Gesicht gesagt: Wie lange willst du noch als Witwe herumsitzen, such dir einen Mann und geh, ehe es zu spät ist. Doch mit Aliman so zu sprechen, konnte ich mich nicht entschließen. Wie sorgsam man die Worte auch wählen mochte, ihr Inhalt blieb doch immer derselbe – er war grob und grausam. Ich hatte nicht das Recht, sie gegen ihren Willen fortzujagen.

Eines Tages kamen ihre Verwandten aus Kaindy bei uns vorgefahren. Um ein reines Gewissen zu haben, zwang ich mich, ihnen zu sagen, dass Aliman frei und ich bereit sei, sie zu segnen. Aliman erteilte ihnen jedoch eine so schroffe Abfuhr, dass es mir unangenehm war. Sie verbot ihnen, auch nur davon zu sprechen. »Ich weiß selbst, was ich zu tun habe«, meinte sie, »ob ich fortgehe oder nicht und wann ich fortgehe – das ist meine Sache, ihr habt euch in unser Leben überhaupt nicht einzumischen.« Nachher bereute ich, dass ich so voreilig gewesen war, und schämte mich, Aliman in die Augen zu sehen. Doch sie, mein kluges Köpfchen, hatte alles begriffen und verlor kein Wort darüber, tat, als wäre nichts geschehen. So lebten wir, hatten Mitleid miteinander und betrogen uns mit der Hoffnung auf Dshainaks Rückkehr, dann versiegte auch diese Hoffnung; die Zeit verrann, und schon war es zu spät ...

Wie es gekommen war, weiß ich nicht. An unserem Ail zogen doch immer die Herden vorbei. Schon seit je wurde das Vieh hier vorbeigetrieben – im Frühjahr in die Berge und im Herbst aus den Bergen zurück in die Steppe. Oft kam es vor, dass die Viehtreiber sich ein paar Tage lang bei uns aufhielten, um sich und den Herden etwas Ruhe zu gönnen.

Im Herbst sechsundvierzig trieb ein junger Hirt aus dem Nachbarail seine Schafherde an unserem Ail vorbei durch die Trockensteppe zur Flussniederung. Er war sicherlich auch Soldat gewesen, denn er trug noch seinen grauen Militärmantel, ritt ein gutes Pferd, hatte ein Gewehr über der Schulter und den Pelz an den Sattel geschnallt. Oft preschte er durch unseren Ail. Sollte er, schließlich kamen die verschiedensten Leute hier durch. Ich kannte ihn nicht einmal.

Im Herbst wurden im Ail Hochzeiten gefeiert. Irgendwer veranstaltete anlässlich der Hochzeit seines Sohnes Bockabjagen. Jener Schafhirt erwies sich als geschickter Reiter. Aliman und ich hatten auch die Absicht, zu der Hochzeit zu gehen. Während sie sich noch zurechtmachte, ritt jemand die Straße entlang, und es hörte sich an, als sei er vorm Tor hingeplumpst. Ich rannte hinaus, um nachzuschauen. Es war jener Hirte. Sein Pferd, feurig und noch erregt von der Hetzjagd, tänzelte unruhig hin und her, er selbst saß stolz und sicher im Sattel, die Peitsche zwischen den Zähnen, mit hochgekrempelten Ärmeln. Und direkt vor dem Tor lag der tote Bock. Dem Sieger des Spiels stand es frei, ihn in einen beliebigen Hof zu werfen. Ich war jedoch so verdattert, dass ich nicht wusste, was ich sagen sollte.

»Was soll das, mein Sohn?«, entfuhr es mir.

Und er fragte: »Ist jemand zu Hause?«

»Wen willst du denn?«, fragte ich zurück.

Da murmelte er, er hätte den Bock nur verloren, hob ihn auf und sprengte in entgegengesetzter Richtung davon. Gleich darauf kamen auch seine Verfolger angejagt. Als sie sahen, dass er mit dem Bock weitergeritten war, setzten sie ihm nach. Das war alles. Danach bin ich ihm nicht mehr begegnet. Doch damals war ich ein bisschen beleidigt. Hatte er den Bock einmal ins Haus gebracht, so hätte er ihn auch den Bewohnern des Hauses überlassen müssen, so war es Brauch. Vielleicht hatte er ihn aber auch wirklich nur verloren? Wieso aber hatte dann der Bock nicht auf der Straße gelegen, sondern direkt vorm Tor? Was hatte das zu bedeuten?

Als Aliman aus dem Haus trat, begriff ich jedoch sofort alles. Sie trug ein seidenes Kleid und darüber ein geblümtes Tuch. Sie warf mir einen raschen Blick zu, senkte den Kopf und wurde rot.

»Komm, Mama«, sagte sie leise.

Nun war auch ohne Worte klar, weshalb der Schafhirt hierhergekommen war. Mir fiel ein, dass Aliman schon seit einigen Tagen zum Fluss nach Wasser ging, obwohl im Aryk hinter dem Haus genügend Wasser war. Von dort kam sie immer erst spät zurück. Mir tat das Herz weh. Nicht, dass ich eifersüchtig gewesen wäre – oder vielleicht war ich auch eifersüchtig –, aber es ging mir um etwas anderes. Ich betete ja doch selbst zu Gott, Aliman möchte nicht lange Witwe bleiben, möchte recht bald einen Mann finden, ich wünschte ihr von Herzen dieses Glück, und nun bekam ich es auf einmal mit der Angst zu tun. Ich machte mir solche Sorgen, als gelte es nicht meine Schwiegertochter, sondern mein leibliches Kind zu verheiraten. Ich bangte, sie könne sich irren. Wie würde es ihr wohlergehen im neuen Haus, ob sie auch zu guten Leuten käme, und er, als was für ein Ehemann würde er sich entpuppen? Das ging mir nicht aus dem Kopf, weder auf der Hochzeit und auf dem Heimweg noch zu Hause. Kennst du ihn auch gut genug, Aliman? Was ist er für ein Mensch? Überstürze nichts, Töchterchen, gib acht, dass du keinen Fehler begehst! Lern den Mann erst gut kennen, bat ich sie in Gedanken. Ich dachte auch, dass ich beileibe kein Hindernis auf dem Wege des jungen Paares sein wollte. Was soll ich machen, überlegte ich, damit sich Aliman nicht vor mir geniert, wie kann ich ihr vorsichtig zu verstehen geben, dass es ihr freisteht zu handeln, wie sie es für nötig hält. Ich bemühte mich, meine Unruhe zu verbergen, sprach wie immer mit ihr, lachte und scherzte sogar, damit sie nur nicht merkte, wie besorgt ich war, und um Gottes willen nicht denken sollte, ich hätte etwas dagegen. Und dennoch wusste sie, was mir Sorgen bereitete.

Als Aliman eines Abends wieder den Eimer nahm und nach Wasser ging, atmete ich erleichtert auf. Ein Stein fiel mir vom Herzen. Soll sie sich ruhig mit ihm treffen, das ist gut so, dachte ich. Doch sie kam sehr bald wieder zurück. Sie war nicht zum Fluss gegangen, sondern hatte Wasser aus dem Aryk geholt.

»Mama«, sagte sie und stellte den Eimer auf seinen Platz, »ich mach Wasser heiß, und du wäschst dir den Kopf.«

»Das hat noch Zeit, Töchterchen«, sagte ich, »morgen ist auch noch ein Tag. Du willst vielleicht weggehen …«

Aber sie ließ mich nicht ausreden: »Morgen gehts zur Arbeit, da ist keine Zeit. Wasch ihn dir nur, Mama, ich kämme dir nachher schön das Haar durch.«

Nachdem sie einen Kessel Wasser heiß gemacht hatte, begann sie mich zu bemuttern, als wäre ich ein kleines Mädchen, das sich nicht allein den Kopf waschen kann. Erst hieß sie mich das Haar mit saurer Milch waschen, dann mit wohlriechender Seife, danach mit klarem Wasser spülen und dann nochmals mit Seife waschen. Sie stand die ganze Zeit über daneben, wechselte immer wieder das Wasser, mischte heißes mit kaltem und goss es mir mit der Schöpfkelle über den Kopf. Ein anderes Mal hätte ichs bestimmt nicht ausgehalten und ihr gesagt, sie solle mich in Ruhe lassen, doch an jenem Abend brachte ichs nicht übers Herz. Ich fühlte mich schuldig, weil sie meinetwegen nicht zum Stelldichein gegangen war. Ach, wie dumm! Wozu hatte sie das nur getan? Ich ärgerte mich über sie und mich selbst. Doch Aliman schien mit allem sehr zufrieden, nur als sie mir das Haar kämmte, sagte sie wehmütig: »Mama, früher hattest du sicherlich dickere Zöpfe, du warst doch auch mal jung.«

Sie strich mir sanft übers Haar und berührte mit den Händen zärtlich mein Gesicht. Ich hielt die Augen gesenkt, um die aufsteigenden Tränen zu verbergen. Sie nimmt also Abschied von mir, dachte ich voller Wehmut. Dann flocht sie mir die Zöpfe und holte ihr altes Parfüm aus dem Kasten. Kassym hatte es ihr gekauft, und deshalb hatte sie es immer aufgehoben.

Ich wehrte ab. »Nicht doch, Aliman! Was soll ich denn damit? Ich muss mich ja schämen auf meine alten Tage, die Leute lachen mich ja aus!«

Sie wollte jedoch nichts davon hören, lachte ausgelassen und parfümierte mir Gesicht, Hals und Haar, verbrauchte alles, was noch in dem Fläschchen war. Dann umarmte sie mich und betrachtete ihr Werk von allen Seiten.

»Sieh mal, wie jung und hübsch du aussiehst!«, freute sie sich über ihren Einfall.

Ich wurde ebenfalls fröhlich. Nach dem Tee sagte Aliman: »So, Mama, und jetzt wollen wir uns hinlegen, ich mache dir gleich dein Bett zurecht.«

In jener Nacht schliefen wir beide nicht. Aliman hing ihren Gedanken nach, seufzte und wälzte sich von einer Seite auf die andere. Ich aber dachte an sie. Bald sah ich sie mit dem Strauß wilder Malven durch den Weizen zum Mähdrescher eilen, die Blumen auf die Stufen legen und sich heimlich davonstehlen, dann stand sie vor mir, wie sie Kassym nicht aufs Pferd steigen ließ und sich wie ein kleines Kind weinend an ihn hängte, darauf kam mir unsere Fahrt zur Bahnstation in Erinnerung. Mir schien, wir säßen auf dem Pferdewagen, Aliman mit frostgeröteten Wangen und ganz eingeschneit, der Schnee lag auf ihrem Kopftuch, den hervorlugenden Haarsträhnen und dem Kragen, und sie war dadurch noch schöner als sonst. Dann wieder sah ich sie mit ausgestreckten Armen auf mich zustürzen: »Mama! Witwen sind wir! Unglückliche Witwen!« Und ich sah sie im schwarzen Kopftuch über die rote Tulpenwiese davonlaufen. Alles, was uns miteinander verband, rollte noch einmal vor mir ab, und dann stellte ich mir vor, wie sie mit jenem Hirten fortgehen und seine Herde durch die Trockensteppe treiben würde. Mir war, als hörte ich ihre Stimme: »Verzeih, Mama, ich gehe fort. Behalt mich in gutem Andenken, leb wohl!« Ich begleitete sie ein Stück, winkte ihr nach und nahm ebenfalls Abschied von ihr: »Leb wohl, du mein Licht! Mein Stern ist erloschen! Leb wohl, Aliman! Werde glücklich, leb wohl! ... He, du!«, rief ich dem Hirten nach. »Gib acht auf sie und kränk sie nicht, behüt mir mein Schwiegertöchterchen! Sonst verfluch ich dich, mit einem entsetzlichen Fluch verdamm ich dich sonst!« Tränen rannen mir übers Gesicht aufs Kissen. Ich weinte leise, zog mir die Decke über den Kopf, damit Aliman nichts hörte.

Am nächsten Tag nach der Arbeit ging Aliman nirgends mehr hin. Sie verbrachte den Abend zu Hause. Darauf trieb der Hirt seine Herde fort und ward nicht mehr gesehen. Aliman schien sich das sehr zu Herzen zu nehmen, sie blickte finster drein. Hättest du auf mich gepfiffen und wärst mit ihm fortgegangen, wenn er dir gefällt!, schimpfte ich mit ihr in Gedanken und bedauerte sie: Ach, du mein armes Geschöpf, mein unglückliches! Zu deiner eigenen Pein bist du mit einem weichen Herzen zur Welt gekommen! Doch die Tage verstrichen, und nach und nach geriet all dies in Vergessenheit.

Im Vorfrühling tauchte der Hirt von neuem bei uns auf. Ich gewahrte ihn in der Flussniederung, wo er seine Schafe hütete. Und wieder ging Aliman jeden Abend fort und kam erst spätnachts heim. Ich sagte nichts. Sie musste selbst ihr Schicksal entscheiden.

Eines Nachts wartete ich lange auf Aliman. Der ganze Ail schlief schon. Auch ich hatte mich zuerst hingelegt und die Lampe heruntergeschraubt, konnte jedoch nicht einschlafen. Bang und schwer war mir ums Herz. Ich wartete auf Aliman und horchte auf jedes Geräusch vor dem Fenster. Draußen schien der Mond. Manchmal berührten ihn ganz sacht die Wolken, es war eine stille Frühlingsnacht. Mich fröstelte. Nicht vor Kälte, sondern vor Einsamkeit. Ich wickelte mich fester in meinen Pelz und nickte ein. Plötzlich schreckte ich hoch und sah Aliman in der Tür stehen. Von ihrem Kleid waren die Knöpfe abgerissen, die nackte Brust war zu sehen, das Haar war zerzaust, und die Augen waren trübe. Zum ersten Mal sah ich sie betrunken. Als sie über die Schwelle trat, wankte sie und wäre beinahe hingefallen, sie hielt sich jedoch am Ofen fest und wiegte den Kopf hin und her. Mich überlief es eiskalt.

»Was starrst du?«, fragte sie und hob den Kopf. »Was starrst du mich so an? Ja, ich bin betrunken. Ja, ich habe Wodka getrunken. Was bleibt mir denn weiter übrig? Wer soll denn trinken, wenn nicht ich, he? Warum schweigst du?«

Ich war stumm vor Schreck und brachte kein Wort über die Lippen. Es war grauenhaft mit anzusehen, wie weit es mit ihr gekommen war. Sie stand noch immer so da und hielt sich am Ofen fest.

Dann ließ sie den Kopf sinken und flüsterte: »Du weißt nichts, Mama. Ich ... ich ... ich habe heute ... Weißt du noch, als Kassym weg musste, sind wir zum Fluss gegangen. Gerade dort ...« Sie sprach nicht zu Ende, schrie auf, griff sich an den Kopf, fiel hin und brach in lautes Schluchzen aus.

Erst da fasste ich mich. Ich stürzte zu ihr hin, nahm sie in die Arme und drückte sie an mich: »Was hast du, Aliman? Warum weinst du? Sags doch! Hast du Kummer? Oder hat dich jemand beleidigt? Rede doch! Sags mir doch! Oder habe gar ich dich gekränkt? Wenn ja, sag mir alles, was du auf dem Herzen hast ...«

»Nein, nein, Mama, liebe Mama! Du weißt nichts ... Und wenn du es wüsstest, was könntest du tun? Ach, Mama, Mama!«

Sie stöhnte noch lange und barg ihr tränennasses Gesicht in meinem Schoß. Dann beruhigte sie sich ein wenig und schlief ein. Aber auch im Schlaf schluchzte und stöhnte sie noch. Bis zum Morgengrauen saß ich an ihrem Kopfende und grübelte: Wie soll es weitergehen? Was tun? Ich beschloss, mit ihr zu sprechen. Doch am Morgen wollte sie nicht mit mir reden. Ihr war ohnehin elend genug. Wortlos, nur mit einem Blick bat sie mich, nicht an das zu rühren, was in der Nacht geschehen war.

Erst als wir zur Arbeit gingen, sagte sie am Tor leise zu mir: »Verzeih mir, Mama.«

Und um sie nicht aufzuregen, kam ich nicht mehr darauf zurück.

Etwa drei Monate waren vergangen. Im Sommer wurde eine Untersuchung gegen den Deserteur Dshenschenkul eingeleitet. Nach dem Krieg hatte er nicht gewagt, offen in den Ail zurückzukehren, war aber, wie sich jetzt herausstellte, des Nachts oft heimlich zu Hause gewesen. Er hatte sich irgendwo in Kasachstan versteckt gehalten, sich dort mit Schwarzhandel befasst und gestohlenes Vieh weiterverkauft und war nun endlich gefasst worden. Dabei waren seine früheren Verbrechen ans Licht gekommen, und Dshenschenkul wurde zu uns in den Ail zur Gegenüberstellung gebracht.

Auch zu mir kam ein Bote aus dem Ailsowjet geritten und sagte: »Du bist als Zeugin geladen.«

Ich ging hin. Auf der Straße traf ich Aliman. Sie kam von der Arbeit. Müde, mit gesenktem Kopf, hielt sie sich abseits von allen. In diesem Sommer war sie dunkel geworden im Gesicht. Sie tat mir leid, und damit sie nicht allein zu Hause sitzen sollte, sagte ich zu ihr: »Komm doch mit zum Ailsowjet, Kindchen, wir gehen dann zusammen nach Hause.«

Doch sie antwortete: »Nein, Mama. Was soll ich da? Ich gehe heim, ich habe Kopfschmerzen.«

»Dann geh nur, leg dich hin und ruh dich aus«, sagte ich. »Die Kuh melke ich nachher selber.«

Vor dem Ailsowjet stand ein Gefängniswagen. Auf der Vortreppe drängten sich die geladenen Zeugen und andere, die auf dem Weg von der Arbeit hier vorbeigekommen waren. Ich hatte Dshenschenkul schon recht lange nicht mehr gesehen, bald sieben Jahre waren es her. Das ruchlose Leben schien ihm gut bekommen zu sein. Ein wohlgenährter Kerl mit feistem Gesicht, saß er auf der Bank am Fenster, blickte mürrisch und misstrauisch drein und antwortete jemandem verbissen: »Du sagst, ich sei ein Dieb; habt ihr mich vielleicht auf frischer Tat ertappt, habt ihr es mit eigenen Augen gesehen? Nein! Also bring hier keine Verleumdungen vor! Du kannst es hundertmal behaupten, das ist alles nur leeres Geschwätz. Beweise, Beweise sind nötig!«

Als ich das hörte, riss ich das nur angelehnte Fenster auf und schrie: »Du lügst, du Hund! Beweise brauchst du – hier, ich bin ein Beweis!«

»Kommen Sie herein, Mütterchen«, bat mich der Untersuchungsrichter und kam hinter seinem Tisch hervor.

Ich ging hinein und begann sofort zu sprechen: »Ja, wir haben dich nicht auf frischer Tat ertappt. Wir hatten auch keine Zeit, dir nachzujagen. Mit unseren Nägeln haben wir damals die Erde gepflügt, um Brot für die Front zu erzeugen. Ähren haben wir gelesen, damit unsere Kinder nicht verhungerten. Du aber hast unsere Pferde fortgetrieben, hast uns ein Gespann aus dem Pflug gestohlen. Den letzten Samen, den wir körnerweise gesammelt hatten, hast du uns aus den Händen gerissen, wir hatten ihn unseren Kindern vom Munde weggenommen, und du hast ihn uns geraubt. Also warst du ein Feind! Und als ich dich eingeholt hatte, rief ich dir zu: ›Halt an, ich habe dich erkannt! Du bist Dshenschenkul! Halt an!‹ Du hast dich umgedreht und nach mir geschossen. Da hast du deine Beweise!«

Ich verstummte, und der Untersuchungsrichter sagte zu mir: »Ich danke Ihnen, Mütterchen. Das genügt. Sie können jetzt nach Hause gehen.«

Ich ging hinaus, als plötzlich Dshenschenkuls Frau zur Tür herausgeschossen kam. Wie eine Furie stürzte sie sich auf mich und keifte: »Ach, du einsame Hexe! Du suchst immer die Wahrheit, und die Wahrheit straft dich dafür. Recht geschieht dir. Es war dir wohl noch zu wenig, dafür kannst du jetzt jammern. Woher hat denn dein Schwiegertöchterchen seinen dicken Bauch, he? Vor deiner Nase hat deine Hure ihren Wanst vollgekriegt, und du suchst die Wahrheit. Jetzt könnt ihr gemeinsam suchen, ihr schamlosen Luder!«

Die Leute zogen sie fort von mir in die Ecke und hielten ihr den Mund zu, ich aber sagte zu ihnen: »Lasst sie los, rührt sie nicht an!«, und ging schweigend nach Hause.

War es der Staub, der so heiß war, oder brannte mir die Scham unter den Füßen, zuerst rannte ich fast. Nachher schleppte ich mich langsam weiter und sammelte meine Gedanken. Ich wäre nie darauf gekommen, dabei hätte ich es doch ahnen müssen. In der letzten Zeit hatte sich Aliman seltsam verändert, war schweigsam und menschenscheu geworden und mied sogar ihre Freundinnen. Ich hatte es darauf zurückgeführt, dass die Sache mit dem Hirten schiefgegangen war. Im Frühjahr war er in die Berge gezogen und hatte sich seitdem nicht mehr blicken lassen. Ich dachte, sie hätten sich gezankt und Aliman nähme sich das so zu Herzen. Und nun stellte sich etwas ganz anderes heraus. Welch ein Unglück! Aber wer konnte denn wissen, dass es so kommen würde. Ich war völlig verzweifelt und wusste nicht ein noch aus.

Am nächsten Abend lud mich Aischa auf einen Plausch zu sich. Während wir Tee tranken und uns unterhielten, sagte sie beiläufig: »Dshenschenkuls Frau ist gestern weggezogen aus dem Ail.«

Ich schwieg. Was ging mich das an? Mochte sie doch wegziehen. Schließlich kann jeder tun und lassen, was ihm beliebt. Erst zwei Jahre später erfuhr ich, dass die Ailbewohner nachts zu Dshenschenkuls Frau gegangen waren, ihr ganzes Hab und Gut aufgeladen und gesagt hatten: »Fahr, wohin du willst. In unserem Ail ist kein Platz für dich.« Danach erinnerte mich niemand mehr an Alimans und mein Unglück. Vielleicht hatte der eine oder der andere ihr selbst etwas gesagt, es konnte ja sein, die Menschen dachten an alles Mögliche, manche bedauerten sie, andere verurteilten sie, doch mir gegenüber machte niemand auch nur eine Andeutung, und auch dafür bin ich ihnen sehr dankbar. So viele Jahre sind verflossen, aber noch immer achtet man mich wie früher.

Seit ich erfahren hatte, dass Aliman schwanger war, hatte sich nichts zwischen uns geändert. Wir lebten, arbeiteten und berieten alles gemeinsam, wie vorher. Von ihrer bevorstehenden Mutterschaft sprach Aliman nicht. Wahrscheinlich konnte sie sich nicht dazu entschließen, oder aber sie verschob es auf später. Ich schwieg ebenfalls darüber, schonte ihren Stolz. Das Wichtigste aber war – ich verurteilte sie nicht innerlich. Ich hatte kein Recht dazu, denn ihr ganzes Leben hatte sich vor meinen Augen abgespielt, ich hatte alles gesehen, alles begriffen und war teilweise selbst schuld daran. Deshalb sagte ich mir von Anfang an: Hat Aliman gesündigt, so ist es auch meine Sünde, bringt sie ein Kind zur Welt, so ist es auch mein Kind, und alle Scham, alle Qualen und Mühen nehme ich auf mich. Ich wusste genau wie sie, dass früher oder später der Tag kommen würde, an dem wir notgedrungen davon sprechen und einander unser langes Schweigen verzeihen würden. Und dennoch verschoben wir das Gespräch immer wieder von einem Tag auf den anderen. Einmal verplapperte ich mich aber doch.

Gegen Ende des Sommers, Aliman war schon im fünften oder sechsten Monat, trieb ich eines frühen Morgens die Kuh aus dem Hof zur Herde. Der kleine Hirtenjunge krähte wie ein junger Hahn. Als die Herde an unserem Hof angelangt war, strahlte er mich an.

»Mutter Tolgonai«, sagte er, »Sujuntschu – belohnen Sie mich für die gute Nachricht! Großvater Dshorobeks Schwiegertochter hat geboren!«

»Was du nicht sagst! Wann denn?«

»Vor Sonnenaufgang.«

»Einen Jungen oder ein Mädchen?«

»Ein Mädchen, Mutter Tolgonai. Sie sagten, sie würden es Shaworonok nennen, weil es vor Sonnenaufgang geboren wurde wie eine Lerche!«

»Das ist aber schön. Möge es lange leben. Hab Dank für die gute Nachricht!«

Ich war ganz gerührt, dass sich dieser kleine Waisenknabe so freute, weil ein Mensch zur Welt gekommen war. Zufrieden ging ich nach Hause. Wie konnte es nur passieren, dass ich in dieser Minute vergaß, woran ich sonst Tag und Nacht dachte?

Schon vom Tor rief ich: »Aliman, hast du schon die Neuigkeit gehört? Dshorobeks Schwiegertochter hat geboren. Ein Mädchen. Hast dus schon gehört? Die Ärmste hat es nicht leicht gehabt, Gott sei Dank, ist alles …«

Als hätte ich mit einem kranken Zahn auf einen Stein gebissen, brach ich jäh ab, ohne auszureden.

Den Kopf gesenkt, stand Aliman schweigend da und biss sich auf die Lippen, dass sie weiß wurden. Was mochte sie in diesem Augenblick gedacht haben? Vielleicht war ihr blitzartig der Gedanke gekommen, dass, wenn ihr Kind geboren würde, niemand die Leute so freudig benachrichtigen würde. Mir wurde unerträglich heiß vor Scham über meine Taktlosigkeit. Ich wagte nicht, ihr in die Augen zu blicken, und machte mich am Herd zu schaffen, legte getrockneten Mist nach, obwohl es gar nicht nötig war. Als ich mich umwandte, stand Aliman noch immer mit gesenktem Blick an der Wand. Das Herz krampfte sich mir zusammen vor Mitleid. Ich zwang mich aufzustehen und zu ihr hinzugehen.

»Was hast du, fühlst du dich nicht wohl?«, fragte ich.

»Doch, Mama«, antwortete sie.

»Vielleicht fällt dir die Arbeit schwer, bleib doch lieber zu Hause und leg dich hin.«

»Nein, Mama, es fällt mir nicht schwer, Tabakblätter auffädeln ist doch nicht schwer«, sagte sie und ging zur Arbeit.

Da entschloss ich mich, es nicht mehr weiter hinauszuschieben. Ich musste ihr sofort sagen, dass sie sich nicht zu schämen brauchte, dass alle Neugeborenen gleich seien und dass ihr Kind für mich wie ein leibliches Kind sein würde. Ich würde es warten, wie ich meine eigenen gewartet hatte. Sie musste das wissen. Sie durfte nicht den Kopf hängen lassen. Stolz sollte sie leben und den Menschen mutig in die Augen blicken – sie hatte ein Recht darauf, Mutter zu sein.

Mit diesen Gedanken lief ich ihr nach und rief: »Aliman, wart einen Augenblick. Ich muss mir dir sprechen, warte!«

Sie tat, als hätte sie nicht gehört, und ging weiter, ohne sich umzudrehen.

Den ganzen Tag machte ich mir große Sorgen und dachte: Nein, so kann es nicht weitergehen. Am Abend sage ich es ihr unbedingt. So wird es für uns beide leichter sein. Aber ich kam nicht dazu, meine Absicht auszuführen. Als ich abends von der Arbeit kam, war Aliman nicht zu Hause. Ich wartete ein Weilchen und wurde unruhig. Was mochte los sein mit ihr? Warum blieb sie so lange aus? Ich trat gerade aus dem Haus, um sie suchen zu gehen, da sah ich Bektasch.

Schweigend kam er mit einem Armvoll Gras. Ebenso schweigend warf er der Kuh das Gras in den Futtertrog, und erst dann sagte er leise: »Mutter Tolgonai, Aliman lässt Ihnen ausrichten, Sie sollen nicht nach ihr suchen. Sie hat gesagt, sie sei zu den Ihren nach Kaindy gefahren.«

Vor Schreck wurden mir die Knie weich, ich musste mich auf die Schwelle setzen.

»Wann ist sie denn weggefahren?«

»Am Nachmittag. Vor etwa zwei Stunden. Sie ist mit einem Lastwagen mitgefahren.«

Ich war wie erschlagen. So elend, so trostlos war mir zumute, als wäre mein letztes Stündlein gekommen.

Bektasch versuchte mich zu trösten: »Regen Sie sich nicht auf, Mutter Tolgonai. Der Fahrer hat sie neben sich ins Fahrerhaus gesetzt. Dort fährt es sich gut«, sagte er.

Ach, Bektasch, Bektasch, wenn es nur das wäre, dachte ich im Stillen. Und dennoch war ich ihm dankbar für seinen treuherzigen Trost. Er war zu jener Zeit schon ein kräftiger, großer Bursche und arbeitete im Kolchos als Fuhrmann. Ich schaute ihn an und wunderte mich, wie schnell er hochgeschossen war und ausgelegt hatte in den Schultern. Auch sein Gang und seine Stimme waren schon männlich. Er hatte ein ruhiges, freundliches Gesicht. Ich hatte ihn schon als kleinen Jungen gern gemocht, und es tat mir wohl, dass er in dieser bitteren Stunde bei mir war. Bektasch brachte Wasser aus dem Aryk, stellte den Samowar auf, sprengte den Hof und begann ihn zu fegen.

»Ruhen Sie sich aus, Mutter Tolgonai«, sagte er. »Gleich lege ich Ihnen die Filzmatte unter den Apfelbaum. Mama will kommen. Sie hat gesagt, sie hätte schon lange keinen Tee mehr bei Ihnen getrunken. Sie wird gleich da sein.«

Seitdem Aliman fort war, wurden mir die Tage zur Ewigkeit. Wie hatte ich mich vorher nur einsam fühlen können? Jetzt erst merkte ich, dass ich überhaupt nicht gewusst hatte, was Einsamkeit bedeutet. Drei Tage lang hielt ich es noch aus, dann wurde es mir unerträglich. Das Haus war kein Haus und das Leben war kein Leben mehr für mich. Ich war so weit, dass ich hätte auf und davon gehen und in der Welt umherirren können. Und wenn ich an Aliman dachte, wurde mir noch schwerer ums Herz. Wenn ihre Verwandten in Kaindy sie gnädig aufgenommen hatten, mochte es noch gehen, wie aber, wenn sie sie verhöhnten: »Damals wolltest du nicht auf uns hören, da meintest du, es gehe uns nicht an, du wüsstest selbst, was du zu tun hättest, wir sollten uns nicht einmischen, jetzt aber, wo du dich mit Schande bedeckt hast, jetzt kommst du an und suchst Unterschlupf bei uns, jetzt brauchst du uns mit einem Mal!« War es möglich, dass sie so mit ihr sprachen? Natürlich war es möglich. Und wenn sie es wirklich getan hatten, wie mochte ihr dann jetzt zumute sein? Sie war stolz, würde sie solche Vorwürfe verwinden können? Gott verhüte, dass sie am Ende noch Hand an sich legte! Ach, Aliman, Aliman, wärst du nur bei mir, ich würde selbst die Schande auf mich nehmen, könnte ich dich nur damit vor Kränkung bewahren. Ich erwog alles Mögliche, rätselte hin und her. Doch dann sagte ich mir: Nein, das hat alles keinen Zweck. Ich fahre hin und überzeuge mich selbst, wie es ihr geht. Ich werde sie bitten, vielleicht lässt sie sich überreden und kommt mit nach Hause. Wär das ein Glück, wenn sie zurückkäme! Und will sie nicht, na, dann lässt sich eben nichts machen. Dann kann ich sie nur segnen, mich ausweinen und zurückkommen.

So beschloss ich und machte mich am nächsten Tag auf den Weg. Das Haus und die Kuh überließ ich Aischas Obhut. Bektasch hielt einen Laster an, ich setzte mich hinten in den Wagenkasten, und los gings nach Kaindy. Als wir den Ail hinter uns hatten und den Feldweg entlangfuhren, sah ich eine Frau den Pfad zwischen den Stoppelfeldern entlangkommen. Ich erkannte sie sofort – es war Aliman. Mein Kind, mein liebstes, sie kam zurück zu mir nach Hause. Wie besessen hämmerte ich mit den Fäusten gegen das Fahrerhaus: »Halt! Halt an!« Der Wagen rollte noch ein Stückchen und blieb dann stehen, ich ergriff die Satteltasche und kletterte blitzschnell herunter. In dem aufgewirbelten Staub verschwand sofort alles in dichtem Nebel. Mir kamen Zweifel, ob ich meine Aliman auch wirklich gesehen oder ob ich nur von ihr geträumt hatte. Als sich der Staub jedoch legte, sah ich sie wieder.

»Alima-an!«, schrie ich, so laut ich konnte.

Ich weiß nicht mehr, wie ich auf sie zugestürzt bin. Ich weiß nur noch, dass wir uns umarmten, uns küssten und weinten. Wir hatten uns so sehr nacheinander gesehnt, dass wir gar keine Worte fanden, um all das auszudrücken, womit wir uns in diesen Tagen gequält hatten. Ich liebkoste und streichelte Alimans Gesicht und wiederholte immer nur das eine: »Du bist zurückgekommen, ja? Bist zurückgekommen, mein Töchterchen! Zu mir, zu deiner Mutter bist du zurückgekommen! Du bist zurückgekommen!«

Und Aliman antwortete: »Ja, ich bin wiedergekommen, bin zu dir zurückgekommen, Mama! Ich bin wieder bei dir!«

Und als wir so dastanden und uns umarmten, bewegte sich plötzlich das Kind in ihrem Innern und stieß zweimal mit dem Füßchen gegen ihren Leib. Wir spürten beide diese Stöße. Aliman legte die Hände auf den Leib und streichelte ihn vorsichtig. Der Ausdruck ihrer Augen schien mein ganzes Leben umzukrempeln. O heilige Mutterschaft! Ein Glückstropfen wie dieser wiegt ein ganzes Meer deiner Leiden auf! Ich schmiegte mein Gesicht an ihre Wange und brach, unfähig, mich länger zu beherrschen, in Tränen aus: »Du, mein Liebes, Herziges, Zärtliches! Wie habe ich gebangt um dich!«

Sie tröstete mich: »Weine nicht, Mama. Verzeih mir Törichten. Ich kann nie von dir fortgehen. Ich habs versucht und nicht ausgehalten, solche Sehnsucht nach dir hab ich gehabt.«

Mir schien der rechte Augenblick für ein offenes Gespräch gekommen, und ich fragte sie: »Warum bist du denn fortgegangen, hat dich jemand gekränkt?«

Sie schwieg, als überlege sie ihre Antwort genau, dann sagte sie seufzend: »Frag mich nicht danach, Mama. Wozu willst du das wissen? Sage mir nichts, und ich sag dir auch nichts. Quäl mich nicht, Mama, mir ist ohnehin elend genug zumute.«

Wieder wich sie einem Gespräch aus. Und so jedes Mal. Warum wollte sie nur nicht begreifen, dass sie es sich dadurch nur selbst schwer machte?

Es war ein langer und nasser Herbst dieses Jahr. Kein Tag verging ohne Regen. In diesen langen, grauen, trüben Tagen saßen wir meistenteils zu Hause. Ebenso wie der Herbst quälte sich auch Aliman. Sie wurde immer verschlossener und sprach und lachte überhaupt nicht mehr. Sie grübelte nur noch. Mir kam es vor, als stände sie kurz vor der Entbindung. Sosehr ich mich auch anstrengte, sie ein bisschen aufzurütteln, sie durch Scherze und Zärtlichkeiten aufzumuntern, es gelang mir nicht. Sie war schließlich kein kleines Kind, dessen Traurigkeit durch einen Scherz zerstreut wird. Und nicht nur ich, auch die anderen hätten ihr gern geholfen in ihrer Not, doch was sollte man tun? Bektasch brachte uns eines Tages Stroh und sagte, seine Mutter sei wieder bettlägerig. Ich ging Aischa besuchen. Sie hatte Fieber, hustete. Ich schimpfte ein bisschen mit ihr.

»Du bist selbst schuld«, sagte ich. »Du weißt doch ganz gut, dass du dich in Acht nehmen musst, aber nein, du kutschierst umher und machst Besuche, und noch dazu bei solchem Wetter.«

Sie lächelte schuldbewusst. Was sollte sie auch sagen, sie war zuvor mit drei anderen Frauen auf Bektaschs Wagen in den Nachbarail zur Hochzeit gefahren. Als ich bereits gehen wollte, hielt sie mich zurück.

»Wart einen Augenblick, Tolgonai«, sagte sie, »wenn du mir nicht böse bist, möchte ich dir etwas sagen.«

»Na, red schon.« Ich machte kehrt.

»Wir sind nicht zur Hochzeit gewesen im Nachbarail. Du weißt ja, ich habe dort gar keine Verwandten. Wir hatten uns da etwas vorgenommen, ohne dich vorher um dein Einverständnis zu bitten. Sei uns nicht bös drum, Tolgonai, wir haben das Beste gewollt. Wir haben diesen Burschen, den Schafhirten, aufgesucht und ihn uns vorgeknöpft, haben ihm gesagt: So und so sieht es aus, Aliman kommt schon bald nieder, und du lässt dich nicht blicken. Was denkst du dir eigentlich? Das ist nicht schön von dir! Wir haben aber nichts erreichen können. Erstens hat er eine Frau und zweitens kein Gewissen. Er hat alles abgeleugnet. Er wisse von nichts und wolle auch nichts wissen. Es ist nichts mit ihm anzufangen gewesen. Dann hat noch seine Frau den Braten gerochen. Ein skandalsüchtiges Weib ist das, hat gekeift und gegeifert, dass es eine Schande war. Mit Schimpf und Schmach hat sie uns davongejagt. Unterwegs hat uns ein kalter Regen überrascht, wir sind bis auf die Haut nass geworden, und nun liege ich da. Doch das ist alles halb so schlimm, aber was wird nun mit Aliman?« Aischa brach in Tränen aus.

»Weine nicht, Aischa«, sagte ich zu ihr, »solange ich lebe, lasse ich nichts auf sie kommen!« Damit ging ich. Was sollte ich ihr weiter sagen?

Langsam schleppten sich die Tage dahin, die Zeit der Niederkunft rückte immer näher, ich ließ kein Auge von Aliman. Ging sie in den Hof, lief ich ihr nach. Keinen Schritt ließ ich sie allein tun. Ich fürchtete, die Wehen zu verpassen.

Eines Tages bemerkte ich, dass sie sich warm anzog und das Wolltuch umnahm.

»Wo solls denn hingehen, Töchterchen?«, fragte ich.

»Ich gehe zum Fluss«, antwortete sie.

»Bleib doch lieber hier, was willst du denn dort bei diesem Wetter? Bleib lieber zu Hause.«

»Nein, ich gehe.«

»Dann komme ich mit. Allein lasse ich dich nicht gehen«, sagte ich.

Sie warf mir einen solchen Blick zu – und alles, was sich in ihr angesammelt hatte, ihre ganze Erbitterung, ließ sie an mir aus.

»Warum läufst du mir auf Schritt und Tritt nach? Was willst du eigentlich von mir? Was klebst du mir ewig an den Fersen wie ein Schatten? Lass mich endlich in Ruh! Denkst du vielleicht, ich gehe kaputt? Ich gehe nicht kaputt!«

Sie schlug die Tür hinter sich zu und ging fort.

Es war, als hätte sie die Tür zu meinem Herzen zugeschlagen. Ich war tief gekränkt, hielt es aber trotzdem nicht aus und trat hinaus auf den Hof, um nachzusehen, wo Aliman sei. Sie war nicht zu sehen, sie war wohl zum Fluss hinuntergegangen.

Ein feiner Sprühregen ging hernieder, es war, als würde man in kalten Dampf gehüllt. Der Wind zerrte die Wolken an ihren grauen Zotteln. Im Garten war es ungemütlich. Nackt und frierend standen die Bäume mit ihren nassen, dunklen Zweigen. Die Menschen saßen in ihren Stuben. Alles war wie ausgestorben. Fern, hinter der milchigen Nebelwand, war der dunkle Gebirgskamm kaum zu ahnen.

Ich wartete ein Weilchen, dann ging ich Aliman nach: Mochte sie schimpfen, so viel sie wollte, Hauptsache, sie legte sich nicht irgendwo in die Feuchtigkeit, wenn die Wehen anfingen. Als ich auf den Pfad hinter dem Garten hinaustrat, sah ich sie. Langsam schleppte sie sich mit trübselig gesenktem Kopf zurück. Ich eilte ins Haus, stellte den Teekessel auf und buk geschwind Plinsen aus Eiern und saurer Sahne. Dann legte ich ein sauberes Tischtuch auf, holte die Winteräpfel hervor und suchte die allerschönsten aus. Aliman trat ein, warf einen Blick auf das Tischtuch und lächelte wehmütig.

»Bist du durchgefroren, Töchterchen? Setz dich hin, trink Tee und iss die Plinsen«, sagte ich zu ihr.

»Nein, danke, Mama, ich möchte nichts essen. Höchstens einen Apfel kannst du mir zu kosten geben«, antwortete sie.

»Hast du Schmerzen, Aliman, sag mir doch, was mit dir ist«, bat ich.

Doch wieder sagte sie: »Frag mich nicht, Mama. Ich kenne mich in mir selbst nicht mehr aus. Ich hasse mich. Nun habe ich auch dich noch ohne jeden Grund beschimpft. Lass mich bitte.« Sie winkte ab.

Die Nacht brach an. Als ich mich schlafen legte, dachte ich gekränkt, was ich auch immer tun mag, nichts kann ich Aliman recht machen. Mit diesem bitteren Gedanken schlief ich ein. Gewöhnlich wachte ich nachts häufig auf und sah nach Aliman. Doch diesmal schlief ich wie eine Tote. Wenn ich es gewusst hätte, ich hätte kein Auge zugetan, zehn Nächte hätte ich nicht mal den Kopf an die Wand gelehnt ...

Ich weiß nicht mehr, wann und wovon ich plötzlich aufgewacht war. Ich blickte auf – Aliman war nicht da. Noch völlig verschlafen, begriff ich zuerst nichts. Ich dachte, sie sei nur mal auf den Hof gegangen. Ein Weilchen wartete ich. Nichts war zu hören. Dann tastete ich nach ihrem Bett. Das Bett war kalt. Das Herz blieb mir stehen. Sie war also schon lange aufgestanden. Ich zog mich notdürftig an und stürzte auf den Hof. Überall suchte ich sie. »Aliman! Aliman!« Sie antwortete nicht. Nur die Hunde wurden unruhig und bellten. Mir schwindelte. Also war sie fortgegangen! Wo konnte sie hin sein bei der finsteren Nacht? Was sollte ich jetzt tun? Vielleicht konnte ich sie doch noch einholen! Ich eilte ins Haus zurück, zündete die Laterne an und machte mich auf den Weg, um sie zu suchen. Als ich jedoch aus dem Haus trat, schien es mir, als hätte ich in der Scheune jemanden stöhnen und schreien hören. Im Nu war ich an der Scheunentür, riss sie auf und hätte beinahe die Laterne fallen lassen; ich starrte und traute meinen Augen nicht. Auf dem Stroh lag Aliman in den Wehen. Im Fieber wälzte sie sich hin und her.

»Was machst du nur? Warum hast du denn nichts gesagt?«, schrie ich und stürzte zu ihr hin.

Ich wollte ihr helfen, versuchte sie anzuheben und zuckte zusammen, als ich ihren blutdurchtränkten Rocksaum berührte. Sie glühte wie Feuer, atmete schwer und röchelte: »Ich sterbe. Ich sterbe.«

Sie quälte sich anscheinend schon lange.

»Hilf mir, lieber Gott! Hilf mir!«, flehte sie, als ich begriff, dass hier nur noch ein Arzt helfen konnte.

Ich ließ sie allein und lief zu Aischa, trommelte aus Leibeskräften ans Fenster: »Wacht auf, wacht auf! Schnell! Spann den Wagen an, Bektasch. Es steht schlecht um Aliman! Beeil dich, mein Lieber, es steht schlimm mit ihr!«

Dann rannte ich zurück in die Scheune und gab Aliman zu trinken. Ihre Zähne schlugen auf den Rand des Bechers, das Fieber schüttelte sie, mit Mühe nahm sie zwei Schluck, dann packte es sie von neuem. Da kam auch schon die kranke Aischa, sie war ganz außer Atem und konnte sich kaum auf den Beinen halten. Als sie sah, was mit Aliman los war, wurde sie weiß wie die Wand und jammerte: »Aliman, Liebe, was ist bloß mit dir? Aliman, Kindchen! Hab keine Angst, wir bringen dich ins Krankenhaus!«

Zum Glück war Bektasch an diesem Tag spät nach Hause gekommen und hatte die Pferde nicht mehr in den Stall gebracht, sondern sie gleich bei sich unters Schutzdach gestellt. Schnell war er mit dem Wagen zur Stelle. Wir warfen Heu hinauf, bereiteten ein Lager, trugen Aliman zu dritt aus der Scheune und betteten sie auf den Wagen. Ohne Aufenthalt fuhren wir los ins Krankenhaus.

Oh, dieser herbstliche, holprige Weg, oh, diese verfluchte, finstere Nacht … Das Krankenhaus befand sich am anderen Ufer, und die Brücke lag weit stromabwärts, wir hatten eine lange Fahrt vor uns.

Als wir aus dem Ail heraus waren, setzten bei Aliman von neuem die Wehen ein. Sie schrie und warf die Decke von sich. Ich hielt ihren Kopf in meinem Schoß. Immer wieder deckte ich sie zu, immer wieder leuchtete ich ihr mit der Laterne ins Gesicht, sah sie an und redete ihr gut zu. Auch Bektasch suchte sie zu beruhigen: »Noch ein bisschen Geduld, Aliman. Wir sind bald da. Du wirst sehen, bald sind wir da. Bis zur Brücke ists nur noch ein Katzensprung.«

Es war noch wer weiß wie weit bis zur Brücke. Hätten wir die Pferde traben lassen können, doch das ging auf keinen Fall, Aliman wäre zu stark durchgeschüttelt worden. Zu allem Unglück wurde auch noch der Regen heftiger. Alles schien sich gegen uns verschworen zu haben: die undurchdringliche Finsternis, der kalte Regen, der Schmutz und die Schlaglöcher. Aliman wand sich in Krämpfen, stöhnte und schrie, plötzlich verstummte sie jäh und röchelte nur noch.

»Aliman! Aliman! Was ist mit dir?« Ich erschrak und leuchtete ihr mit der Laterne ins Gesicht. Ihre brennenden Augen sahen mich an.

»Haltet an! Ich sterbe! Haltet an!«, brachte sie mühsam über die schwarzen, ausgedörrten Lippen und fing an zu keuchen.

Wir hielten.

»Nimm meinen Kopf höher«, bat sie. »Ich kriege keine Luft.«

Dann weinte sie. Hastig, die Tränen verschluckend, begann sie zu sprechen: »Mama, meine gute ... In mir brennt alles, ich kann nicht mehr ... Ich sterbe ... Hab Dank für alles, Mama. Verzeih mir ... Wenn Kassym am Leben wäre ... Ach, Kassym, ich sterbe ... Verzeih ...«

Ich flehte sie an: »Nein Töchterchen, du darfst nicht sterben. Halt aus, noch ein kleines bisschen, halt aus, mein Einziges. Es ist nicht mehr weit bis zur Brücke. Hörst du, du darfst nicht sterben!«

Wieder packten sie die Wehen. Mit zusammengebissenen Zähnen, bereits das Bewusstsein verlierend, kämpfte sie mit letzter Kraft.

»Bektasch«, befahl ich. »Greif ihr unter die Arme und heb sie an! Schnell! Schäm dich nicht um Himmels willen!«

Während Bektasch Aliman anhob, versuchte ich, dem Kind zu helfen. Bektasch brach in Tränen aus. Da erinnerte ich mich plötzlich wieder an das Donnern des Militärzuges, unentwegt ratterten mir die Räder in den Ohren, der Wind trug einen Schrei herüber: »Mama-a! Alima-an!«, und im selben Augenblick ertönte der Schrei des Neugeborenen. O Leben, weshalb bist du so grausam, so blind! Das Kind lebte, aber Aliman starb. Ich wickelte das nasse, bloße Körperchen in meinen Rock, und als ich aufblickte, hing sie, die Mutter Aliman, bereits leblos in Bektaschs Armen. Der Kopf war ihr auf die Schulter gesunken, die Arme baumelten wie Stricke.

»Aliman!«, schrie ich entsetzt und griff nach ihrer Hand. Der Puls war kaum noch zu spüren.

In einem einzigen Augenblick begegneten sicb vor meinen Augen Leben und Tod.

Als wir umkehrten, graute bereits der Morgen. Große, weiße Schneeflocken kreiselten im fahlen Dämmerlicht. Sacht sanken sie auf den Weg nieder. Still war es, nirgends ein Laut, nur unendliche weiße Stille. Und durch diese weiße Stille schleppten sich lautlos die müden, weißschweifigen Pferde mit ihren weißen Mähnen, schluchzte leise der auf dem Wagen sitzende Bektasch. Er trieb die Pferde nicht an, sie liefen von selbst. Den ganzen Weg weinte er. Ich ging nebenher, hielt das Kind unter dem Tschapan verborgen, und der weiße Schnee erschien mir schwarz.

So hatte sich der Krieg zum letzten Mal in Erinnerung gebracht. Der Weg, den ich an diesem Morgen ging, war der schwerste Weg meines Lebens, mich dünkte, es sei besser zu sterben, als so zu leben. Doch der Säugling lag wohl behütet in meinem Arm, bewegte sich dort, ein warmes, weiches Etwas, und hörte nicht auf zu greinen. Ich trug ihn und sprach zu ihm: »Was für ein unglückliches Würmchen bist du doch! Mit deinem ersten Schrei hast du von deiner Mutter Abschied genommen!« Und plötzlich blitzte in mir der Gedanke auf: Und trotzdem ist das Leben nicht ganz vernichtet, ein Reislein ist geblieben. Doch gleich darauf dachte ich wieder: Was ist er schon für ein Erdenbürger, wenn er noch nicht einmal Muttermilch geschmeckt hat. Er wird nicht lange durchhalten. Dabei wünschte ich so sehr, dass das Kind am Leben bliebe, dass ich das Schicksal anflehte: »Lass wenigstens diesen leben! Lass ihn nicht sterben! Vielleicht kommt er durch. Vielleicht schafft er es doch irgendwie!« So ging ich, bald völlig verzweifelt, bald neue Hoffnung schöpfend. Als wir im Ail ankamen, war es bereits Morgen.

Noch immer fiel der Schnee lautlos und dicht, noch immer herrschte die gleiche weiße Stille. In dieser Stille wirkten die verlassenen Ruinen der halb fertigen Straße noch gespenstischer als sonst. Von dem hier vor sieben Jahren Begonnenen waren nur noch traurige Reste geblieben. Der Schnee wirbelte durch die ausgestorbene Straße und verdeckte die gähnende Leere der Ruinen und das trostlose Distel- und Salzkrautgestrüpp. Auf Alimans und Kassyms

Parzelle türmten sich noch immer die Steine und Ziegel wie ein Denkmal der Sorgen und Träume ihrer einstigen Besitzer.

In ewiger Ruhe lag Aliman da, bleich, mit geschlossenen Augen. Ihr Kopf wurde hin und her gerüttelt, der Schnee auf ihrem Gesicht taute nicht.

Im Ail angelangt, sprang Bektasch vom Wagen und verkündete zum ersten Mal in seinem Leben mit dem lauten Weinen eines Mannes den Tod eines Menschen. Die Leute kamen aus den Häusern und umringten uns mit Tränen in den Augen. Aischa kam angerannt, ihr lautes Wehklagen hallte durch die Straße. Sie nahm mir das Kind ab und trug es zu sich ins Haus.

Am übernächsten Tag begruben wir Aliman. Nach alter Sitte schickt es sich nicht für eine Frau, den Friedhof zu betreten, ich ging dennoch, und niemand sagte mir deswegen ein Wort: In meinem Haus lebten keine Männer mehr, und so konnte ich den Brauch nicht wahren. Ich selbst beerdigte Aliman, ich selbst legte sie ins Grab, ich selbst warf die erste Handvoll Erde hinab. Und wieder fiel der Schnee in dichten Flocken und breitete sich als weiße Decke über den roten Lehmhügel.

Im Frühjahr pflanzte ich Blumen auf Alimans Grab. Jeden Frühling pflanzte ich welche. Sie hat doch Blumen so gern gehabt.

Ja, und dann begann das Leben von neuem. Die ersten Tage gab Großvater Dshorobeks Schwiegertochter Shanbolot die Brust, dann fing ich an, ihm Ziegenmilch zu geben. Wir haben uns beide was Redliches plagen müssen, das kann man wohl sagen. Aber es war ihm wohl vom Schicksal bestimmt, am Leben zu bleiben, und er kam durch. Und dafür bin ich dem Schicksal dankbar. Jetzt ist er zwölf Jahre alt.

Der Doktor, der ihn behandelt hat als kleines Kind, ist heute ein angesehener Mann; wenn er mich trifft, fragt er immer noch: »Na, Oma, was macht der Enkel, gedeiht er?«

»Gott sei Dank«, sagte ich, »er ist schon ein Dshigit!«

Er sieht mich an und sagt lächelnd: »Das ist gut so, mach einen Menschen aus ihm!«

Er kennt Shanbolot und mich schon lange. Damals war Shanbolot anderthalb Jahre alt. Er kränkelte natürlich dauernd. Einmal hatte er sich erkältet und wurde ernstlich krank. Seine Lippen wurden blau, er öffnete nicht mehr die Augen und atmete kaum noch. Da nahm ich ihn und machte mich Hals über Kopf auf den Weg zum Krankenhaus. Es war eine kalte Winternacht, und ich watete mit ihm durch den Fluss. Der Doktor war noch ein ganz junger Bursche, er hatte wahrscheinlich eben erst das Studium beendet. Als er mich sah, zitternd vor Kälte, in nassen Kleidern, erschrak er und begann mit den Händen zu fuchteln: »Sind Sie wohl wahnsinnig geworden, wer hat Ihnen denn erlaubt, durch den Fluss zu waten? Wo sind denn seine Eltern?«

»Ich bin ihm Vater und Mutter zugleich, mein Sohn. Lass ihn nicht sterben. Wenn er stirbt, lebe auch ich nicht länger.«

Er dokterte die ganze Nacht an dem Kleinen herum. Alle zwei Stunden verabfolgte er ihm eine Spritze. Mir brachte er trockene Sachen und gab mir verschiedene Arznei zu trinken, doch am Morgen klappte ich trotzdem zusammen, glühte vor Fieber und spuckte Blut. Lange lag ich im weißen Nebel der Bewusstlosigkeit. Ich weiß nur noch, wie der Doktor an das Kopfende meines Bettes trat, mir die Hand auf die Stirn legte und sagte: »Lass dich nicht unterkriegen, Mütterchen, halt die Ohren steif. Dein Enkelchen lacht schon, er ist wieder gesund.«

»Wenn es so ist, dann schaffe ichs auch«, flüsterte ich.

Wahrscheinlich blieb ich nur am Leben, weil mein Enkel lebte.

Diesen Sommer ereignete sich etwas Interessantes. In den Ferien spielte Shanbolot draußen im Freien, und plötzlich sah ich, dass er Kassyms Fahrrad auf den Hof geschleppt hatte. Zwanzig Jahre hatte es in der Scheune unterm Dach gehangen. Er hatte es also hervorgeholt und machte sich ans Reparieren. Ich sagte nichts, er war ja noch ein Junge, ich dachte, er würde sich ein Weilchen damit herumärgern und es dann liegen lassen. Es war ja auch kaum noch zu reparieren: Das Gestell war völlig verrostet, und die Reifen waren kaputt. Shanbolots Freunde kamen angelaufen und machten sich über ihn lustig. »Das ist ja Alteisen«, sagten sie, »ein vorsintflutliches Exemplar«. Er aber blieb hartnäckig, schnaufte nur ärgerlich und ließ sich nicht stören. Ich weiß nicht, was dabei herausgekommen wäre, hätte sich nicht Bektasch der Sache angenommen. Obwohl er schon Familienvater war, machte er sich wie ein kleiner Junge mit Feuereifer und todernster Miene ans Werk. Bektasch liebt Shanbolot, wenn nötig, geht er auch in die Schule und spricht mit den Lehrern. Er hat geheiratet, als Aischa noch lebte. Sie starb drei Jahre nach Aliman. Ich habe sehr getrauert um meine Freundin. Was haben wir nicht alles zusammen durchgemacht. Bektasch ist ein guter Mensch geworden, verständig und fleißig. Drei Kinder hat er, und seine Frau Gulssun ist mir eine gute Nachbarin. Er selbst arbeitet schon längst als Mähdrescherfahrer.

Eines Tages erschien also Shanbolot, völlig verschmiert, mit dem geputzten und geölten Fahrrad.

»Oma«, sagte er, »sieh mal, wie schön Vaters Fahrrad wieder geworden ist!«

Ich saß wie gelähmt, mir wurde froh und bitter zugleich bei diesen Worten.

Er aber sagte stolz: »Guck mal, ich kann sogar schon fahren.« Er kam noch nicht auf den Sattel, die Beine reichten nicht bis an die Pedale, so fuhr er denn im Stehen, wacklig und unsicher. Ich sah ihn jeden Augenblick stürzen.

»Komm runter, du kippst um!«, rief ich.

Er aber fuhr noch schneller. Durchs Tor und hinaus auf die Straße. Ich hinterher. Wie ein Wilder sauste er die Straße entlang und flog dann plötzlich in voller Fahrt hin. Er hatte sich mächtig aufgeschlagen.

Ich half ihm auf und schimpfte: »Du wolltest dir wohl das Genick brechen! Da hast du dir was Schönes ausgedacht! Dass du mir nicht mehr fährst!«

Und darauf er: »Ich falle ja nicht mehr hin, Oma. Ich wollte bloß mal probieren, wie das ist. Ich bin doch noch nie vom Rad gefallen.«

Ich musste lachen. Als ich aufblickte, sah ich Bektasch im Tor stehen. Wie zufällig stand er da und sah zu. Er sagte nichts, und ich sagte auch nichts. Aber wir verstanden uns ohne Worte.

Bald darauf begann die Mahd. Eines Abends kam Bektasch zu uns. »Ich möchte Ihren Shanbolot als Gehilfen zu mir auf den Mähdrescher nehmen«, sagte er.

»Wenn er dazu taugt, nimm ihn«, willigte ich ein.

Ich hatte zwar mein Einverständnis gegeben, doch schon nach zwei Tagen ging ich hin, um nach Shanbolot zu sehen. Er war doch noch ein Kind, vielleicht war es noch zu schwer für ihn bei der Mahd.

Shanbolot arbeitete an der Strohpresse. Als er mich sah, schrie er mir wie vom Gipfel eines Berges zu: »Oma! Hier bin ich!«

Bektasch stand am Steuerrad und winkte mir grüßend zu. Bis zum Abend saß ich am Aryk im Schatten eines Baumes und sah der Mahd zu. Laster wirbelten den Staub der Feldwege auf, sie fuhren das Korn ab.

Als es dämmerte, kamen Bektasch und Shanbolot, um sich auszuruhen. Shanbolot schritt stolz und müde daher, er ahmte Bektasch nach. Wie dieser wusch er sich schweigend und prustend bis zum Gürtel im Aryk. Als er das Bündelchen in meiner Hand sah, rief er erfreut: »Oma, hast du Äpfel mitgebracht?«

»Ja, mein Kind«, antwortete ich.

Da kam er angerannt, umarmte und küsste mich.

Bektasch brach in Gelächter aus. »Warum hast du dich denn so wichtig getan? Weshalb nicht gleich so! Na, schmus nur, schmus, nachher ist keine Zeit mehr dazu.«

Zum Abendessen setzten wir uns am Feldlager ins Gras. Das frisch gebackene Brot war noch heiß.

Shanbolot brach die Fladen in Stücke und sagte: »Iss, Oma!«

Ich segnete das Brot, und als ich ein Stück abbiss, spürte ich den vertrauten Geruch der Hände des Mähdrescherfahrers. Das Brot roch kaum merklich nach frischem Getreide, erhitztem Eisen und Petroleum. Genau wie damals! Mit Tränen schluckte ich das Brot hinunter und dachte: Das Brot ist unsterblich, und die Arbeit ist unsterblich.

Die Mähdrescherfahrer ließen mich nicht nach Hause gehen. Sie sagten, ich sei ihr Gast und müsse bei ihnen auf dem Lager übernachten. Sie bereiteten mir auf dem Stroh ein Lager. Als ich in dieser Nacht zum Himmel aufblickte, schien mir die Milchstraße mit frischem, goldenem Stroh und verstreuten Körnern und Spelzen übersät. Und wie ein fernes Lied entschwand in jener Sternenhöhe auf der Goldspur der Garben ein Militärzug, wurde das Rattern seiner Räder leiser und leiser. Mit diesem verklingenden Rattern und dem Gedanken, dass an diesem Tag ein neuer Ackersmann ins Leben getreten war, schlief ich ein. Möge er lange leben und so viel Getreide ernten, wie Sterne am Himmel sind.

Beim Morgengrauen erhob ich mich und ging zum Ail zurück.

Schon lange hatte ich keinen so großartigen Sonnenaufgang mehr gesehen, schon lange keine Lerche mehr so herrlich singen gehört. Sie schwang sich hoch hinauf in den lichten Himmel, hing dort als winziges, graues Pünktchen, flatterte wie ein menschliches Herz und schmetterte ihr Lied über die Steppe. »Hörst du, unsere Lerche singt!«, hatte Suwankul einst gesagt. Sogar unsere eigene Lerche hatten wir gehabt. Auch du bist unsterblich, meine Lerche du!

»Oh Feld, du mein geliebtes Feld, nun ruhst du aus nach der Ernte. Keine Stimme erschallt, kein Wagen wirbelt den Staub der Wege auf, kein Mähdrescher rattert nah und fern, und auf den Stoppeln weidet noch keine Herde. Du hast den Menschen deine Früchte geschenkt. Nun liegst du da wie eine Frau, die geboren hat, und ruhst, bis die Herbstfurche gezogen wird. Heute sind wir beide ganz allein – nur du und ich, sonst niemand. Du kennst mein ganzes Leben. Heute ist Totengedenktag, heute ehre ich das Andenken Suwankuls, Kassyms, Masselbeks, Dshainaks und Alimans. Solange ich lebe, werde ich sie nie vergessen. Bald werde ich Shanbolot alles erzählen. Hat ihn die Natur mit Herz und Verstand bedacht, wird er es begreifen. Wie aber steht es mit den anderen Menschen der Erde? Ich habe ihnen etwas zu sagen. Doch wie soll ich ihre Herzen erreichen?

Sonne, die du am Himmel strahlst, du wanderst um die Erde, sag du es den Menschen!

Wolke, ergieß dich als lichter Sommerregen über die Welt und erzähl es mit jedem deiner Tropfen!

Mutter Erde, du unsere Ernährerin, du hältst uns alle an deiner Brust, du ernährst die Menschen in der ganzen Welt. Sags ihnen, liebe Erde, sags!«

»Nein, Tolgonai, du musst es selber sagen. Du bist ein Mensch. Du bist das Höchste, das Weiseste – ein Mensch! Sag du es!«

»Du gehst, Tolgonai?«

»Ja, ich gehe. Wenn ich nicht sterbe, komme ich wieder. Auf Wiedersehen, Feld.«

Worterklärungen

Ail kirgisisches Dorf
Airan mit Wasser vermischte geronnene Milch
Aksakal ehrerbietige Anrede für einen älteren oder höherstehenden Mann; wörtlich: Weißbärtiger
Ala-Tau Gebirgszug in Kirgisien
-apa leibliche Mutter; auch Form der Anrede, die Ehrerbietung bezeugt; das männliche Pendant ist -aga
Aryk Bewässerungsgraben
Beschmet Halbrock
Brigadier Leiter einer Brigade, der kleinsten Arbeitsgruppe einer Produktionseinheit
Dorfsowjet Dorfversammlung, Abgeordnetenrat
Dshigit junger Bursche
Jurte kuppelförmiges Filzzelt
Kasachen Turkvolk in der Sowjetunion
Katjuscha russisches Volkslied, benannt nach einem Geschütz
Ketmen in Mittelasien eine Art Hacke
Kolchos(e) große landwirtschaftliche Produktionsgemeinschaft
Komsomol Jugendorganisation in der Sowjetunion
Komus kirgisisches dreisaitiges Zupfinstrument
Kumys gegorene Stutenmilch
Kwass bierähnliches Getränk aus gegorenem Brotsaft
MTS Motoren-Traktoren-Station
Mullah muslimischer Gelehrter, Richter
Nasreddin türkischer Eulenspiegel, der im 14. Jahrhundert gelebt haben soll
Plinsen Eier- oder Kartoffelspeise
Pud altes russisches Gewicht
Saman mit Stroh vermischte Lehmstücke
Sujuntschu Ausruf des Dankes für eine glückliche Botschaft

Tschapan langer, weiter Rock, den der Bauer über die andere Kleidung zieht

Werst altes russisches Längenmaß

Tschingis Aitmatow: Leben und Werk

Tschingis Aitmatow wird 1928 im Dorf Scheker im Talas-Tal in Kirgisien geboren. Seiner Großmutter hat er einen reichen Schatz an Märchen, alten Liedern, Dichtungen und Wahrheiten zu verdanken, immer wieder nimmt sie ihn zu den Sommerlagern der Nomaden mit. 1935 zieht die Familie Aitmatow nach Moskau um, wo Tschingis zur Schule geht. Sein Vater war einer der ersten kirgisischen Kommunisten auf leitendem Posten und interessierte sich lebhaft für Kultur und Literatur. Auch seine Mutter war eine gebildete und aufgeschlossene Frau.

1937 wird sein Vater Opfer der stalinistischen Repression, und die Familie flieht zurück nach Kirgisien, wo sie unter ärmlichsten Verhältnissen ausharrt. 1942 muss Aitmatow wegen des Krieges die Schule verlassen und verschiedene Funktionen in der Verwaltung des Dorfes und des Kreises übernehmen. Nach dem Krieg gelingt es ihm, den Schulabschluss nachzuholen. 1946 bis 1948 studiert Aitmatow an der Veterinärfachschule in Dzambul, in dieser Zeit beginnt er zu schreiben. Anschließend immatrikuliert er sich an der kirgisischen landwirtschaftlichen Hochschule in Frunse (heute: Bischkek), wo er fünf Jahre lang studiert und, nach 1951, nebenher journalistisch tätig ist. Nach Abschluss der Hochschule arbeitet Aitmatow von 1953 bis 1956 als Tierzüchter auf einer Versuchsfarm, bis er 1956 ans Maxim-Gorki-Literaturinstitut in Moskau wechselt, um dort einen zweijährigen Lehrgang für junge Autoren zu besuchen. Während dieser Zeit erscheint seine erste Erzählung *Aug in Auge.* Als Abschlussarbeit verfasst er 1958 die von Louis Aragon als »schönste Liebesgeschichte der Welt« bezeichnete Erzählung *Dshamilja,* die seinen weltweiten literarischen Ruhm begründet. Beide Erzählungen sind bei Erscheinen aus politischen Gründen heftig umstritten: *Aug in Auge* wegen der Auseinandersetzung mit der Figur eines Deserteurs; *Dshamilja* wegen der verständnisvollen Zeichnung einer Frau, die mit bestehenden Tabus bricht.

1959 wird er Chefredakteur der Zeitung *Literaturnaja Kirgizija* (Literarisches Kirgisien). Ab 1960 ist Aitmatow für die Zeitung *Prawda* als Sonderkorrespondent in Mittelasien und Kasachstan tätig. Aus den Erfahrungen dieser Jahre schöpft er später immer wieder den Stoff für seine Geschichten. 1963 wird Aitmatow mit dem Lenin-Preis für Literatur und Kunst ausgezeichnet, 1968 mit dem Staatspreis der UdSSR. Ab 1967 ist er im Redaktionsbeirat der Zeitschrift *Novyj Mir* tätig, ab 1974 zudem als Mitglied der Akademie der Wissenschaften in Kirgisien.

Bis 1965 erscheinen verschiedene Erzählungen (u. a. *Du meine Pappel im roten Kopftuch* und *Abschied von Gülsary*). Die 1970 erschienene Erzählung *Der weiße Dampfer* löst wiederum eine heftige Diskussion aus, da Aitmatow durch den Einbezug von mythischen Motiven und Erzählmustern einen neuen Stil entwickelt. Die kirgisische literarische Tradition mit ihren Epen, Sagen, Volksliedern und Legenden spielt von nun an eine wichtige Rolle in seinem Werk. 1983 erhält er den Staatspreis der UdSSR für seinen Roman *Ein Tag länger als ein Leben.*

Der Roman *Der Richtplatz* gilt als erstes literarisches Signal der Perestroika, die er an führender Stelle mitgestaltet. 1986 ruft er das internationale »Issyk-Kul-Forum« ins Leben, eine Konferenz von Wissenschaftlern, Künstlern und Politikern aus der ganzen Welt am gleichnamigen kirgisischen See. Von 1988 bis 1990 ist Aitmatow Vorsitzender des Schriftstellerverbands in Kirgisien. 1989 wird er Abgeordneter des Volksdeputiertenkongresses und des Obersten Sowjets, Ende 1989 Gorbatschows Berater.

1990 geht er als Botschafter der UdSSR nach Luxemburg. Im gleichen Jahr erscheint die Erzählung *Die weiße Wolke des Tschinggis Chan* und ein Jahr später der Dialogband *Begegnung am Fudschijama* mit Daisaku Ikeda. Von 1995 an ist er Botschafter der Republik Kyrgiyzstan in Brüssel. 1998 erscheinen seine Erinnerungen *Kindheit in Kirgisien.* Sein letzter Roman, *Der Schneeleopard,* wird 2006 auf Deutsch veröffentlicht. Darin verbindet Aitmatow die alte kirgisische Tradition der Legendenerzählung mit der Realität des 21. Jahrhunderts.

Für sein Werk hat Aitmatow zahlreiche Auszeichnungen im In- und Ausland erhalten, unter anderem den Friedrich-Rückert-Preis (1991) und den Österreichischen Staatspreis für Literatur (1994).

Am 10. Juni 2008 verstirbt Tschingis Aitmatow im Alter von 79 Jahren in Nürnberg.

»Das Wort verkümmert und stirbt,
wenn wir es nicht mit anderen teilen.«
Tschingis Aitmatow

Begegnung am Fudschijama *(mit Daisaku Ikeda)*

In Daisaku Ikeda hat Tschingis Aitmatow den Partner gefunden, vor dem er Bilanz über Leben und Werk ablegen konnte. Er war sonst eher wortkarg und verschlossen gewesen. Jetzt erzählt er persönlich, offen und leidenschaftlich. Was hier an Gedanken, Erfahrungen, Hoffnungen und Ängsten geäußert wird, verbindet sich bei Aitmatow immer auch mit persönlichen Erinnerungen. Beide Gesprächspartner mahnen und denken über Auswege nach.

Die Kraft der Schamanen
(mit Juri Rytchëu und Galsan Tschinag)

Aitmatow, Rytchëu, Tschinag: Die drei großen Autoren der asiatischen Steppen und Berge haben sich – jeder auf seine Weise – mit der Realität des Schamanismus in ihren Ländern beschäftigt. Diese Anthologie versammelt aus ihren Werken Szenen von der Arbeit und Wirkung von Schamaninnen und Schamanen, die ihr Leben prägten.

Abschied von Gülsary

Der alte Tanabai ist mit seinem Hengst Gülsary auf dem nächtlichen Heimweg in die kirgisischen Berge. Nach einem stürmischen Leben wird dies ihr letzter Gang. Wie an Stationen eines Kreuzwegs brechen die Bilder der Vergangenheit hervor. Aitmatow hat in diesem Roman der Kraft, der Klage und Sehnsucht des Individuums Sprache verliehen, das den Gang der Geschichte in seine Hand nimmt und wieder ihr Opfer wird.

Dshamilja

Die lebensfrohe Dshamilja lernt den träumerischen Danijar kennen und lieben. Nur ist sie bereits verheiratet mit einem anderen Mann. Mit den Augen eines Kindes, das zu verstehen beginnt, erzählt ihr junger Schwager Seït, welch eine Macht die Liebe sein kann. Tschingis Aitmatow verfasste als Diplomarbeit eine Geschichte, gab ihr den Titel *Dshamilja,* und seither geht sie um die ganze Welt.

Die Klage des Zugvogels

Diese frühen Erzählungen von Tschingis Aitmatow stammen aus den Jahren 1953 bis 1965. Sie dokumentieren den literarischen Weg eines Autors, der zunächst noch unter dem Einfluss der Literatur des »sozialistischen Aufbaus« stand, aber schon bald seinen eigenen Ton und seine Motive fand und zum Erneuerer einer erstarrten Literatur wurde.

Aug in Auge

Aitmatows Erstling. Auf solche Weise war von Armut und Kriegsnot im Hinterland noch nicht geschrieben worden. Ismail kehrt als Deserteur heimlich von der Front zurück. Sejde will zu ihm halten. Welche Frau hat in diesen Tagen schon das Glück, ihren Mann bei sich zu haben! Sie versteckt ihn und bietet dem ganzen Dorf die Stirn.

Frühe Kraniche

Wenn die Kraniche früh im Jahr über die kirgisische Steppe ziehen, so verspricht dies eine gute Ernte. Darauf hofft der fünfzehnjährige Sultanmurat, der heimlich verliebt ist in die schöne, stolze Myrsagül. In diesem Winter liegt die Verantwortung ganz auf den Schultern der Jugendlichen – die Väter stehen allesamt für die Sowjetunion an der Front. Auf Sultanmurat wartet eine schwere Bewährungsprobe.

Der Junge und das Meer

Der halbwüchsige Kirisk darf zum ersten Mal mit aufs Meer hinausfahren und an einer Robbenjagd teilnehmen. Nach alter Tradition soll er auf dieser Fahrt an der Seite seiner Verwandten das Jägerhandwerk erlernen und mit dem Meer vertraut werden. Als sich das Boot im dichten Nebel verirrt, wird aus der Weihe ein lebensgefährliches Abenteuer.

Das Kassandramal

Der weltberühmte Futurologe Robert Bork ahnt beim Flug über dem Atlantik noch nicht, dass ihn bei seiner Rückkehr ein Hexenkessel erwartet. Eine rätselhafte Erscheinung bringt die Menschen rund um den Erdball in Aufruhr: Auf der Stirn schwangerer Frauen taucht ein Zeichen auf – ein Zeichen des Kindes, das auf verstörende Weise mitteilt, es wolle in diese Welt voller Grauen nicht geboren werden.

Kindheit in Kirgisien

Aitmatow erzählt von einer Jugend, die ebenso reich wie schwer war: überschattet von Stalins Säuberungen, ausgesetzt den Tragödien des Krieges, aber auch getragen vom Zusammenhalt und der reichen Tradition seiner Sippe und seines Dorfes. Aber zu dieser kirgisischen Kindheit gehört auch das Eintauchen in die reichen Überlieferungen seines Volkes, gehören heitere Erinnerungen und Erlebnisse.

Du meine Pappel im roten Kopftuch

Iljas, ein junger, sympathischer Lastwagenfahrer mit überschäumender Energie, ist schnell zu begeistern und ebenso schnell in maßlose Wut zu versetzen. Asselj, ein stilles, kirgisisches Mädchen, soll nach altem Brauch in eine Nachbarsippe hineinverheiratet werden. Als sie sich begegnen, entsteht eine Liebe, die sie alle Traditionen vergessen lässt.

Tschingis Aitmatow

Der erste Lehrer

»Es war im Jahr 1924. Wo heute unser Kollege liegt, war damals ein kleiner Ail von sesshaften armen Bauern. Ich war vierzehn Jahre alt. Im Herbst erschien im Ail ein fremder Bursche, der einen Soldatenmantel trug. Zuerst hieß es, der Fremde sei der Armee-Kommandeur gewesen, dann stellte sich heraus, dass es Düischen war.«

So beginnt »Der erste Lehrer«, die Geschichte von Düischen, der selbst kaum lesen und schreiben kann, dessen einzige Ausbildung die Liebe zu seinen Schülern ist. Eine Geschichte, »die zeigt: so kann, so soll, so muss Schule sein.« *(Die Zeit)*

95 Seiten gebunden, € 9.90

Verlag Antje Kunstmann

Der erste Leser